寧靜海的旅人

SEA OF
TRANQUILITY

EMILY ST. JOHN
MANDEL

艾蜜莉·孟德爾／著
朱崇旻／譯

獻給卡西亞

目次

一、僑居海外／一九一二年

一

艾德溫．聖約翰．聖安德魯，現年十八歲，扛著帶有兩位聖人的沉重姓名，乘著蒸汽船橫渡大西洋，瞇著雙眼抵擋上層甲板的海風……他戴著手套的雙手握著欄杆，迫不及待想一窺未知世界，試圖辨識出海洋與穹空以外的事物——任何事物都行！然而放眼望去，他只看見層層堆疊的無盡灰色。他在前往另一個世界的旅途中，差不多到了英格蘭與加拿大的中間點。**我被放逐了**。明知這種想法過於浮誇，他卻仍然如此告訴自己，而這句話也帶有實話的鏗鏘。

艾德溫的其中一位祖先是征服者威廉。艾德溫的祖父去世之後，他父親將成為伯爵，而艾德溫從小讀的是全國最優秀的兩所學校。話雖如此，無論是過去或現在，他在英格蘭都沒什麼未來。紳士階級能從事的職業並不多，艾德溫也對那些毫無興趣。他們的家業註定會傳給他的長兄吉伯特，所以他什麼也繼承不了。（二哥奈爾已經去澳洲了。）其實艾德溫本想在英格蘭賴得久一些的，但他心中暗藏了激進的思想，而這些思想意外地在一場宴會上脫口而出，加速了他離鄉背井的宿命。

出於某種狂野而樂觀的想法，艾德溫在蒸汽船乘客名單上登記了「農人」這個職業。事後在甲板上沉思之時，他才赫然意識到，自己從出生到現在連鐽子都沒碰過。

二

抵達哈利法克斯後，他在港口找到落腳處。他住進一間寄宿公寓，還設法弄到了二樓一間能俯瞰海港的邊間。第一天早晨，他一覺醒來便看見窗外熱鬧嘈雜的景象，只見一艘大商船入港，他近到能聽見工人卸下木桶、麻袋與木箱時歡快的咒罵聲。第一天大部分時間，他都像貓一般靜靜凝視著窗外風景。他本打算立即西行，但在哈利法克斯停留的引力起了作用，他敗給了從小糾纏不放的人性弱點：艾德溫雖有行動力，卻也易受慣性左右。他喜歡坐在這扇窗邊，喜歡外頭片刻不停的動靜，喜歡看著人群與船隻來來去去。他不想離開，於是就住了下來。

「喔，我只是在思考下一步要怎麼走吧。」房東委婉地問起他的打算時，他如此回答。寄宿公寓的房東名叫唐納利太太，是紐芬蘭人。她的口音總是令艾德溫摸不著頭腦，聽上去像布里斯托人又像是愛爾蘭人，同時卻摻雜了蘇格蘭腔調。房間都打掃得十分整潔，她的廚藝也無可挑剔。

水手形成了人潮，從他的窗外經過，但少有人抬頭看來。他喜歡觀察那些人，卻沒膽向他們搭話，況且他們已經有彼此了。醉酒時，水手們會勾肩搭背行走，這時艾德溫便會感受到刺入內心的嫉妒。

（他能出海嗎？當然不行了。他幾乎立刻就摒棄了這個念頭。他曾聽過一個僑居海外的男人轉行當水手、過起了新生活，不過艾德溫是個徹頭徹尾的閒人。）

他喜歡眺望入港的船隻，看著駛入港口的蒸汽船，它們甲板上仍沾有歐洲的氛圍。

他晨間外出散步，下午再散步一次。走到港口，到寧靜的住宅區，進出巴靈頓街條紋遮雨棚下的小店面。他喜歡搭電車一路坐到終點站再回來，觀察街邊小房屋演變成大房屋，最後再化為鬧區的商用建築。他喜歡買些自己不怎麼需要的東西：一條麵包、一兩張明信片、一束鮮花。這樣過生活也不錯──他腦中萌生了這樣的想法。這般簡單平淡的生活不好嗎？沒有家庭、沒有工作，就只有一些簡單的喜悅，一天結束後能躺在乾淨舒適的被褥上，家裡也會定期寄生活費過來。一個人的生活也能過得非常愜意。

他開始每隔幾天就去買花，插在廉價花瓶裡，擺在房間的抽屜櫃上。他花了不少時間注視著它們。真希望自己是藝術家，能將花畫下來，並在過程中將它們看得仔細一些。

他能學畫嗎？他有的是時間和錢，學了也無妨。他問了唐納利太太，她問了朋友，不久後艾德溫便來到了一個女人的起居室，那位女士曾接受過繪畫訓練。他安安靜靜地素描花朵與花瓶，學習陰影與比例的基本功，一畫就是好幾個鐘頭。女人名為蕾蒂夏・羅素，她手上戴著婚戒，丈夫卻不知身在何處。她和三個孩子與守寡的妹妹住在一間整潔的木屋裡，那位妹妹總是在房間一角默默織著永無止盡的圍巾，以致艾德溫下半輩子每想到繪畫就聯想到棒針相碰的清脆聲響。

他在寄宿公寓住了六個月後，瑞吉諾來了。他立刻便看出，瑞吉諾不是易受慣性左右的人，一登陸就打算立即西行。他比艾德溫年長兩歲，同樣畢業自伊頓公學，是某位子爵的三子，眼眸則是美麗、深沉的藍灰色。他和艾德溫同樣打算以鄉紳的身分安頓下來，不過與艾德溫不同的是，他還為此目標採取了實際行動，和薩斯喀徹溫一個有意出售農場的男人書信往來。

「六個月。」吃早餐時，瑞吉諾驚異地重複道，滿臉的懷疑。他暫停了將果醬塗上吐司的動作，似乎不確定自己是否聽錯了。「六個月？這裡嗎？」

「是啊。」艾德溫雲淡風輕地說道。「而且，我這六個月過得非常愉快呢。」他試圖對上唐納利太太的視線，但她正專心致志地倒茶。艾德溫看得出，唐納利太太覺得他有些精神不正常。

「好有趣。」瑞吉諾往手裡的吐司塗了些果醬。「你該不會是盼著被誰喚回家吧？說什麼也不肯離開大西洋邊緣，儘量待在離故國和國王近一些的地方？」

這番話聽著有些刺耳，所以隔週瑞吉諾出發向西時，艾德溫接受了同行的邀請。行動也是一種樂趣——火車駛離城市時，他如此告訴自己。他們訂了頭等車廂車票，可愛的列車上居然還有郵局與理髮店，艾德溫一面享受熱敷刮鬍與理髮，一面寫了張明信片給吉伯特，同時凝望溜過窗外的森林、湖泊與小鎮。火車在渥太華暫停時他沒有下車，就只留在車上描繪車站的線條。

森林、湖泊與小鎮化為平原，原野起初還算有趣，後來變得枯燥乏味，最後甚至令他惴惴不安。是啊，問題就出在曠野太多了，尺度完全錯了。火車如穿行於無盡草原的一條馬陸，放眼望去便是四面八方的天際。艾德溫感覺自己暴露在外、毫無遮蔽，渾身不對勁。

「這就是最理想的人生了。」終於抵達目的地時，瑞吉諾站在新農舍門前說道。農場位於艾伯特親王城郊外數英里處，簡直是泥濘的汪洋。瑞吉諾看也沒看過這地方，就從一個年近三十的憂鬱英國人那裡買下了農場——艾德溫不由得懷疑那人也是來海外打拼的異鄉客。農場前主人在這裡嚐到了一敗塗地的苦果，現在回東部去了，打算去渥太華做個文職。艾德溫看得出，瑞吉諾小心翼翼地對那人避而不想。

失敗的怨氣有沒有可能在一棟屋子裡流連縈繞呢？艾德溫踏入農舍前門時立刻感到坐立難安，於是在門廊上逗留，遲遲不肯入內。屋子本身蓋得不錯——看來前主人曾經有不少資金可使——但透出了艾德溫無法形容的鬱鬱寡歡。

「這裡……天空很廣闊呢，你說是不是？」艾德溫開啟了話題。泥地也非常廣闊，泥巴多得不可思議，無盡延伸的泥濘在陽光下閃爍著。

「到處都是開闊的空間和新鮮空氣。」瑞吉諾一面回應，一面瞭望空白得恐怖的天際。艾德溫遠遠望見另一幢農屋，距離將它蒙上了一層迷霧。天空藍得令人心慌。那晚，他們吃了奶油雞蛋——這是瑞吉諾會做的唯一一道菜——與鹹豬肉當晚餐。瑞吉諾似乎悶悶不樂。

「務農是不是很辛苦啊？」一段沉默過後，他開口說道。「都是體力活呢。」

「大概是吧。」艾德溫幻想新世界的生活時，總是想像一片屬於自己的農田——翠綠而遼闊的田園裡，整整齊齊地栽植著……這個，某種作物。但老實說，他從沒認真考慮過務農的實務面向，只當是照料馬匹、整理花園、耕田之類的雜活。不過，那之後呢？你耕了田以後，要拿田地做什麼？究竟要耕些什麼？

他如臨深淵，搖搖欲墜。「瑞吉諾，老朋友，」他說道，「咱們有沒有酒可以喝啊？」

「收割。」喝到第三杯時，艾德溫喃喃自語。「就是這個說法。你去田裡耕一耕，往土裡種點東西，然後收割。」他啜了口酒。

「收割什麼？」瑞吉諾醉酒時十分好相處，彷彿誰也無法冒犯到他。他從方才便懶洋洋地靠著椅背，對著空氣微笑。

「嗯，這是好問題呢。」艾德溫一面說，一面為自己倒第四杯酒。

三

喝了一個月過後，艾德溫留瑞吉諾獨自住在新買的農場，自己則繼續西行，去和二哥奈爾的老同學湯瑪斯見面。湯瑪斯先前從紐約市登陸美洲大陸，二話不說就快速去到了大陸西部。火車穿行洛磯山脈時，窗外景色令艾德溫屏息，他像孩子似地額頭貼著車窗，也不顧形象了，只顧對著驚人美景目瞪口呆。他之前在薩克其萬也許喝得太過頭了，他下定決心，到不列顛哥倫比亞就改過自新、重新做人。明媚陽光刺得他雙眼發疼。

經歷過壯闊的荒野後，面對維多利亞整齊、漂亮的街道，他忽然感到錯愕。這兒到處都是英國人，一下火車身邊就圍繞著熟悉的鄉音。也許能在這裡住一陣子，他心想。

艾德溫在市中心一間乾淨的小旅館找到了湯瑪斯，湯瑪斯就住在旅館最高級的房間裡。兩人在樓下餐廳點了茶與司康，雖然三四年沒見了，湯瑪斯的樣子還是和過去差不多，膚色仍和幼時同樣泛紅，彷彿剛打完一場激烈的橄欖球。他正試圖打入維多利亞商界，卻說不出自己想從事哪種商業。

「你哥哥最近好嗎？」他轉移話題，問起了奈爾的近況。

「他在澳洲打拚。」艾德溫回道。「從他的信看來，應該過得滿快樂的吧。」

「那就贏過我們大多數人了。」湯瑪斯說。「『快樂』這事可不簡單呢。他在那邊做什麼？」

「我猜是把家裡給的生活費全用來買酒了吧。」艾德溫這句話有失體面，但多半屬實。他們的餐桌位於窗邊，他的目光不住飄往街道、店面，以及遠方那神祕的荒野、群聚在視界邊緣的高聳黑樹林。一想到這片荒野屬於大不列顛，他就覺得有些荒謬，但他迅速壓下了這個念頭——這讓他聯想到之前在英格蘭的最後一場宴會。

四

最後一場宴會起初還算順利，然而話題一如往常地轉向英屬印度超乎想像的輝煌時，問題浮上了水面。艾德溫的雙親出生於印度，是由印度乳母帶大的英國孩子，人稱「印度帝國兒」——「我要是再聽她說一次那個印度奶媽的故事……」艾德溫的大哥吉伯特曾喃喃自語道，卻沒有將這句話說完。艾德溫暗暗猜想，他們在印度自幼聽大人描述縹緲夢幻的大不列顛，到了二十出頭首次真正回到祖國時，內心卻不免失望。（「比我想像中多雨。」在這方面，艾德溫父親只說了這麼一句。）

那最後一場宴會上，還有另外一家人出席。巴列特家的背景和他們十分相似，約翰·巴列特曾任皇家海軍司令官，妻子克拉拉幼年也是在印度度過，前來赴宴的還有他們的長子安德魯。巴列特一家都明白，只要和艾德溫母親共進晚餐，話題就必然會繞到英屬印度，而身為老朋友，他們也知道亞碧嘉抒發完對印度帝國的感情後，話題便能回歸正軌。

「其實啊，我經常想起英屬印度的美。」艾德溫母親說道。「想到那些繽紛的色彩。」

「不過啊，那地方的炎熱確實讓人喘不過氣來。」艾德溫父親也說道。「我們來到這兒以後，我最不懷念的就是這部分了。」

「我倒是不覺得喘不過氣。」艾德溫母親神情悠遠，這是艾德溫三兄弟所謂的「英屬印度臉」。她的臉蒙上了一層朦朧，表示她已經去到遠方，也許正騎著大象，或漫步在栽植了熱帶花卉的園子裡，或吃著該死的印度奶媽準備的黃瓜三明治之類的，誰知道她的思緒飄到哪裡去了呢。

「他們當地人也不介意炎熱，」吉伯特輕飄飄地說道，「但那種氣候不是所有人都住得慣吧。」

艾德溫當時究竟是受到了什麼刺激，怎會突然發言呢？多年後的戰爭中，他身在壕溝的終極恐怖與百無聊賴之中，往往會回想起那一晚。有時你直到拔下插鞘以後，才會意識到自己即將拋出手榴彈。

「有證據顯示，讓他們喘不過氣來的並不是炎熱，而是英國人。」艾德溫開口說道。他瞥了父親一眼，卻見父親僵止在原處，酒杯舉在從餐桌到嘴邊的半途中。

「親愛的，」母親說道，「你這是什麼意思呢？」

「他們不歡迎我們。」艾德溫邊說邊環顧桌邊，看著一張張啞口無言的臉。「他們在這方面的態度恐怕一點都不含糊。」他彷彿聽見他的聲音從遠方傳來，連自己也感到驚奇。吉伯特已然瞠目結舌。

「小子，」父親說道，「我們可是給了他們文明——」

「但不曉得你注意到了沒有，」艾德溫說，「他們整體而言似乎偏好自己的文明。在我們去到印度以前，他們不是也過得挺好嗎？不是好端端地過了幾千年嗎？」他彷彿被綁在脫軌的列車頂，全然失控了！實際上，艾德溫對印度懂得不多，不過他記得小時候聽人說起一八五七年叛亂時，自己內心的震驚。「有任何人想被我們統治嗎？」他聽見脫口而出的問句。「我們怎麼會認定這些遙遠的地區是屬於我們的東西呢？」

「因為我們把那些地方打下來了啊，艾迪。」短暫的死寂過後，吉伯特開口說。

「你可以想見，在我們的二十二世曾祖父到來時，也許不是每一個英格蘭本地人都欣然接受他，可是，成王敗寇畢竟是歷史的道理。」

「伯特，征服者威廉已經是一千年前的事了，我們一定要以一個維京掠奪者狂妄的孫子為榜樣嗎？就不能設個更文明的目標嗎？」

這時，艾德溫住口了。餐桌邊所有人都盯著他瞧。

「維京掠奪者狂妄的孫子。」吉伯特輕聲重複道。

「不過話說回來，我們生活在基督教國家，這也很值得慶幸。」艾德溫又說。「如果不是，那些殖民地應該會打得**血流成河**吧。」

「艾德溫，你是無神論者嗎？」安德魯．巴列特饒富興致地發問。

「我也不是很確定自己是什麼。」艾德溫說道。

那之後，艾德溫經歷了此生最痛苦的一段沉默——但就在此時，他父親靜靜開口說話了。艾德溫父親動怒時，總會以半句話起頭，吸引眾人的注意力。「你人生中得到的所有優勢。」父親說道。所有人看向了他。他果然再次起頭，這次聲音稍微響亮了些，盈溢著平靜的威脅：「艾德溫，你人生中得到的所有優勢，某方面而言全源自你所謂維京掠奪者狂妄的孫子。」

「那當然。」艾德溫說道。「我的人生也不算太差。」他舉杯。「敬雜種威廉。」

吉伯特笑了，笑得緊張而尷尬。除此之外，沒有任何人出聲。

「真是抱歉，讓各位見笑了。」艾德溫父親對客人說道。「我這個小兒子乍看下像成年人，但似乎還是個乳臭未乾的小孩子。艾德溫，回你房間去，你這些話我們今晚聽夠了。」

艾德溫以無比正經的動作站起身，說了句「各位晚安」，去廚房請下人送一份三明治到他房間——方才主菜都還未上桌——然後回房等待判決。判決伴隨著敲門聲在午夜前到來了。

「請進。」他說。他剛才一直站在窗邊，焦躁地盯著被風吹得搖來晃去的枝枒。

吉伯特走進房裡，順手帶上房門，然後癱坐在一張沾了汗漬的老舊扶手椅上。這是艾德溫最珍愛的物品之一。

「好驚人的演出啊，艾迪。」

「我也不知道自己腦子裡發生什麼事了。」艾德溫說道。「不對，我錯了，我知道腦子裡發生了什麼事。我很肯定，那時候我腦子裡沒有任何想法，就像深淵一樣。」

「你哪裡不舒服嗎？」

「沒有，我好得不得了。」

「你剛才應該覺得很刺激吧。」吉伯特說道。

「還真的很刺激，我完全不後悔。」

吉伯特微微一笑。「你得去加拿大了。」他和聲說。「父親已經在做相關安排了。」

「我本來就要去加拿大啊。」艾德溫說道。「不是預計明年出發嗎？」

「這下你得早一點啟程了。」

「多早啊，伯特？」

「下週。」

艾德溫點了點頭，忽然一陣暈眩。房裡氣氛發生了難以察覺的變化。他將前往未知的世界，這個房裡的一切已然迅速退入「過往」的領域。「那，」半晌過後，艾德溫說道，「至少我不會和奈爾住在同一塊大陸上。」

「真是的，又來了。」吉伯特說。「你現在難道腦中冒出什麼想法都要直接說出口嗎？」

「你也試試吧，感覺挺不錯的。」

「不是每個人都能像你這麼輕率的，有些人還是得顧及自己的責任。」

「意思就是說，你有爵位和家業可以繼承。」艾德溫說道。「真是悲慘的命運啊，我這就為你哭一場。我會拿到和奈爾一樣的生活費嗎？」

「稍微多一些。給奈爾的錢單純是讓他維持生計用的，你則是得滿足條件才拿得到錢。」

「什麼條件，告訴我吧。」

「你會有一段時間不得返回英格蘭。」吉伯特說道。

「放逐啊。」艾德溫說。

「唉，別說得這麼誇張，你剛才不也說了嗎？你本就預定要去加拿大的。」

「可是『一段時間』是多久？」艾德溫移開了盯著窗外的視線，轉而盯著兄長。

「我原本想去加拿大待一陣子，想辦法闖出一番事業來，然後定期回家看看你們。父親到底是怎麼說的？」

「我印象最深刻的一句話恐怕是：『叫他死都別回英格蘭了』。」
「這倒是說得……一點也不含糊。」
「父親的性子你又不是不知道，母親當然也不會反對。」吉伯特站起身，在門邊駐足片刻。「艾迪，給他們一點時間，讓他們消消氣吧，我不認為你會永遠被放逐在外地的。我也會幫你勸勸他們。」

五

在艾德溫看來，維多利亞的問題就是它太像英格蘭，實際上卻不是英格蘭。它是與英格蘭相隔千里的仿造品，重疊在異鄉土地上的透明水彩，絲毫不令人信服。在城裡第二晚，湯瑪斯帶艾德溫去了工會俱樂部。艾德溫起初還算愉快，在幾個同鄉與美味的單一麥芽蘇格蘭威士忌陪伴下享受家鄉的溫馨，就這麼虛度了幾個鐘頭。在場一些年紀較大的男人已經在維多利亞住了數十年，湯瑪斯刻意去接近他們、詢問他們的意見、一本正經地傾聽、費盡了心思奉承他們，艾德溫在一旁看著都覺得羞慚。湯瑪斯明顯想留下穩重的印象，希望這些人願意和他做生意，不過在艾德溫看來，那幾個老男人不過在說客套話罷了。他們對外人毫無興趣——即便是國籍正確、族系正確、口音正確、學歷也正確的外人。在這封閉的社會裡，湯瑪斯永遠只會存在於邊緣。他得在這裡、在這間俱樂部裡待上多久，才會被其他人接受？五年？十年？一千年？

艾德溫撇下湯瑪斯，轉身走向窗扉。他能從三樓眺望海港，目送天邊最後的餘暉淡去。此時的他坐立難安，怎麼也靜不下來。身後那些男人忙著分享他們狩獵的豐功偉業，以及乘蒸汽船至魁北克、哈利法克斯與紐約的航程中平淡無奇的故事。「我說了你們肯定不信，」後方某處，曾搭船到紐約的某人說道，「我母親還真是老糊塗了，到現在還以為紐約是大英國協的一部分呢！」

時間流逝，夜幕垂落海港，艾德溫回到其他男人身邊。

「但最不幸的是，」其中一人正熱切地談論冒險精神的重要性，「我們在英格蘭沒有什麼未來，你們說是不是啊？」

凝重的沉默籠罩了下來。在場眾人無一不是家中次子、三子，不僅什麼都繼承不了，還不具備工作技能。艾德溫詫異地發現，自己舉起了酒杯。

「敬我們的放逐人生。」說罷，他仰頭飲酒。其餘人不讚許地嘀咕了起來：「這哪裡稱得上放逐了。」某人說道。

「各位男士，敬我們將在這遙遠新土地打造的新未來。」湯瑪斯說道，一如既往地圓融。

事後，湯瑪斯找到站在窗邊的他。

「其實啊，」湯瑪斯說，「我似乎聽過關於某次宴會的傳聞，不過直到現在我才相信那段故事。」

「散播流言恐怕已經是巴列特家的老毛病了。」

「我覺得我受夠這地方了。」湯瑪斯說道。「本以為能在這裡開創事業的，但既然離開了英格蘭，那繼續待在這英格蘭模樣的地方也沒意義。」他轉身面對艾德溫。

「我在考慮北行。」

「北行多遠？」艾德溫腦中浮現了凍土荒原與圓頂冰屋的畫面，不由得心生憂慮。

「我也不打算去得太遠，大概就去溫哥華島吧。」

「那裡有什麼發展機會嗎？」

「具體而言，那裡有我朋友叔叔的木材公司。」湯瑪斯說道。「不過抽象而言，那裡有的是荒野。我們來此，不就是為了在荒野留下自己的印記嗎？」

那麼，如果比起在荒野留下印記，你更想消失在荒野之中呢？一週後，搭船北上的艾德溫萌生了這古怪的念頭，在蒸汽雲霧中沿溫哥華島破碎的西岸航行。映入眼簾的地貌是稜角分明的海灘、森林，以及矗立後方的山巒。忽然間，破碎岩石化為一片白沙灘，艾德溫還是第一次見到這麼長一片沙灘。他看見岸上一簇簇村落與柴煙，偶爾看見刻了翅膀、畫了怪臉的木柱——他想起來了，那東西叫圖騰柱。他對這些玩意知所甚少，因此只覺得它們猙獰可怖。好一段時間過後，白沙又變為岩石峭壁與窄灣了。他偶爾遠遠望見一艘獨木舟。一個人有沒有可能像溶解在水中的鹽，就這麼溶解在荒野之中？他想回家了。艾德溫離家以來，首次為自己的精神狀態憂心。

船上的乘客：三個準備到罐頭工廠工作的中國男人，一個神態緊張、即將加入丈夫在新世界生活的挪威少婦，湯瑪斯與艾德溫，船長與兩名加拿大船員，以及好幾桶、好幾袋物資。三個中國男人用自己的語言談笑，挪威女人只在用餐時間走出她的船艙，且一次都沒笑過，船長與船員相當禮貌，但沒興趣和湯瑪斯或艾德溫談天。於是，湯瑪斯與艾德溫大部分時間都一塊待在甲板上。

「維多利亞那群傢伙已經完全僵化了，他們不明白，」湯瑪斯說道，「這整片遼闊的土地可都等著被人取用。」艾德溫瞟他一眼，一瞬間窺見了未來：被維多利亞商界拒之門外的湯瑪斯，一直到死都會對此耿耿於懷。「他們喜歡舒舒服服地住在那個英格蘭一般的城市裡，這種心情我當然也能體會，但我們來這裡可是有了絕佳的機會，可以在這地方創建屬於自己的世界。」他接著滔滔不絕地說起了帝國與機會，艾德溫則默默凝望水上。他們右側是小港、小灣與零星小島，偌大的溫哥華島在更遠處崛起，樹林攀升到了山上，山峰則迷失在較低的雲層之中。至於他們所在的左舵，一望無際的汪洋無盡延伸，艾德溫猜另一頭的陸地大概就是日本海岸了吧。他再次產生先前在平原上那種暴露在外的感覺，等到蒸汽船終於緩慢向右轉、駛入小港口時，他這才鬆一口氣。

他們在傍晚抵達凱耶特聚落。這地方幾乎什麼都沒有：一座碼頭、一間小小的白教堂、七八間屋子、一條通往罐頭工廠與伐木營的簡易道路。艾德溫站在碼頭邊，厚重的行李箱立在他身旁，一時間不知所措。這地方只能用「岌岌可危」一詞形容，不過是困於森林與汪洋之間筆觸極淡的文明。他不該來此的。

「上頭那棟大一點的房子就是寄宿屋了，」船長和善地告訴艾德溫，「你可以去那兒小住一下，先歇歇腳再找地方安頓下來。」

原來他內心的迷惘是如此明顯啊，這下他更加煩憂了。湯瑪斯與艾德溫一齊走向山坡上的寄宿屋，分別住進二樓兩間客房。到了隔天上午，湯瑪斯動身前往伐木營，艾德溫則立刻陷入在哈利法克斯經歷過的靜止狀態。這其實也稱不上倦怠。他仔細整理思緒，得到了結論：他並非不快樂，只是短期內沒有繼續行動的欲望。若說行動能帶來樂趣，那麼靜止帶來的就是寧靜了。他天天在海灘漫步、素描、坐在門廊凝望大海、閱讀、和其他租客下西洋棋。一兩週過後，湯瑪斯放棄了說服他同去伐木營的念頭。

這地方真美。艾德溫喜歡坐在海灘上，靜靜凝望遠方島嶼，它們宛若從水裡長出來的、小簇小簇的樹林。偶爾會有人划著獨木舟經過，不知要去辦什麼事，船上的男人與女人有時會無視他，有時會盯著他瞧。定期會有較大的船隻停靠港口，為罐頭工廠與伐木營送來新的勞工與物資。其中一些工人會下西洋棋，艾德溫最享受下棋的時光了——他的棋藝其實不甚高明，但他喜歡棋局的規則與紀律。

「你來這邊做什麼啊？」他們有時會問他。

「喔，我只是在思考下一步怎麼走吧。」他總是如此回答，或做類似的回應。他感覺自己似乎等待著什麼——但究竟是什麼呢？

六

九月一個陽光明媚的日子，他外出散心時在海灘遇見兩個有說有笑的原住民女性。她們是姊妹嗎？還是密友？她們說著艾德溫未曾聽過的語言，急促話音綴以他大概永遠發不出的聲響，他更是無法想像用羅馬字母拼出這些語音。她們都留有深色長髮，其中一人轉頭時，碩大的貝殼耳環一瞬間反射了燦陽。兩人身上都裹著毯子，抵禦這天的寒風。

艾德溫走近時，兩人靜了下來，默默瞅著他。

「早安。」他說道，一隻手碰著帽緣致意。

「早安。」其中一名女子回道，優美的腔調猶若鳥囀，耳環飽含了黎明穹空所有的繽紛。她那位臉上散布著天花疤痕的同伴沉默不語。這符合艾德溫在加拿大生活的經驗——反過來想，假若自己在新世界生活半年後陡然得到了討當地人喜歡的魅力，那才奇怪吧——話雖如此，兩個女人冷淡木然的眼神仍令他侷促不安。他意識到，自己可以趁此機會對所謂「另一邊的人」發表自己對於殖民主義的看法，但在目前情況下他腦中浮現的意見都荒謬非常。如果告訴這兩人他認為殖民主義十分可惡，對方想必會合理發問：**那你又是來做什麼的？**於是他沒再說什麼，就這般和兩人擦肩而過，那一剎那也就這麼過去了。

艾德溫繼續前行一小段路，背上仍感覺到兩人的目光，只能尷尬地轉身朝樹牆般的林子走去，希望她們以為他有要務在身。他平時擔心遇上熊或美洲獅，因此從不進森林，但現在林子卻產生了某種奇妙的吸引力。他決定往裡走一百步，就這樣。也許數到一百他便能冷靜下來——他一向以數數字的方式鎮定心神——且如果這一百步都是筆直前進，那他沒道理迷失方向吧。艾德溫明白，若在森林裡迷路自己就必死無疑。不對，甚至不必迷路，整片樹林就會要他的命。不對，這麼說也不公平——這地方並沒有要他的命，而是對他漠不關心。在他的生死問題上，這地方完全保持中立態度，它不在乎艾德溫的姓氏或學歷，甚至絲毫未注意到他。他感覺自己的心思陷入了紊亂。

七

森林之門。最先浮上心頭的是這句話，但艾德溫不確定自己在何處聽過這樣的說法，也許是他幼時在書中讀過的文字吧。森林裡古木參天，他彷彿踏入大教堂，只不過矮樹叢也茂密得令他寸步難行。才往走幾步他便停了下來，只見前方有棵楓樹，那棵樹大到獨占了一小塊空地，感覺是不錯的目的地。艾德溫決定走到那棵楓樹，跨出矮樹叢停留片刻，然後立即折返海灘，再也別涉足森林了。這是一場冒險——他雖如此告訴自己，實際上卻沒有冒險的刺激，主要只有被白珠樹枝連甩好幾巴掌的感覺。

他奮力朝楓樹邁進。這裡十分安靜，他忽然確信有什麼東西在觀察他。他猛然旋身，有了——距離他約莫十多碼的位置，站著一位教士。教士如幽魂般與周遭林木格格不入，看上去比艾德溫年長，也許三十出頭，一頭黑髮修得非常短。

「早安。」艾德溫說。

「早安，」教士說道，「不好意思，嚇到你了。我喜歡偶爾來這裡走走。」艾德溫摸不清他的口音——不太像英國腔，但也不太像其他地區的腔調，也許他和艾德溫在哈利法克斯那位房東太太同樣來自紐芬蘭吧。

「感覺真的是相當寧靜的所在。」艾德溫說道。

「是啊。我其實在回教堂路上，就不打擾你冥想了。等下有空歡迎來坐坐。」

「凱耶特那間教堂嗎？但你不是那裡的神父吧。」艾德溫說。

「我是勞勃茲，最近臨時代理派克神父的職務。」

「幸會，我是艾德溫．聖安德魯。」

「幸會。祝你今天愉快。」

教士在矮樹叢中行走的動作也不比艾德溫熟練，他跌跌撞撞地走在樹木之間，數分鐘過後艾德溫再次獨自站在林中，仰望上方枝葉。他踏上前——

八

——踏入陡然閃現的漆黑，宛若突兀的失明或日蝕。他彷彿進到某個寬敞的空間，也許是火車站或大教堂，小提琴的樂聲傳來，周遭還有其他人，接著是他無法理解的聲響——

九

回神時，艾德溫回到了海灘上，跪在堅硬的岩石地面嘔吐不止。他隱隱記得自己驚慌地盲目逃出了樹林，一路上和那陰影與模糊碧影形成的噩夢搏鬥，臉部多次被樹枝劃傷。他顫抖著起身，走到水邊。他踏進海裡，來到海水及膝的位置——冷冽海水的衝擊感覺美妙無比，使他恢復了神智——他跪下來把沾了嘔吐物的臉與上衣清洗乾淨。一波海浪將他沖得失去平衡，等到再次站起身時，艾德溫已然全身溼透，被鹹水嗆得連連咳嗽。

此時他獨自站在海灘上，望見了離自己一段距離處的動靜：在凱耶特的零星幾棟建築物之間，一位教士走進了山坡上的白教堂。

十

艾德溫走至教堂時，只見前門敞開，裡頭空無一人。神壇後方的門也開著，他看見後面一座寧靜而綠意盎然的小墓園，以及寥寥幾塊墓碑。他悄悄在最後一排長椅坐下，闔上雙眼，額頭抵著雙手。這幢建築還很新，教堂仍飄著新木材的清香。

「你落水了嗎？」

傳入耳中的聲音十分溫和，腔調仍難以捉摸。新來的神父——他想起來了，是勞勃茲——站在這排座位的盡頭。

「我剛剛跪在海水裡，清洗臉上的嘔吐物。」

「你身體不舒服嗎？」

「不是，我……」此時回想起來，那一切都顯得荒謬而不真實。「我以為自己在森林裡看到了某種東西。在碰見你之後。我聽到了某種聲音。我實在不明白，那似乎是……超自然現象。」事件細節已悄然溜走，他記得自己走進了樹林，然後呢？他回想起眼前的漆黑、一段樂音、他無法辨識的聲響，一切都在一拍心跳過後消失無蹤。這事當真發生過嗎？

「我可以坐你旁邊嗎？」

「當然行。」

教士在他身邊坐下。「要不要告解呢？你說完可能心裡會輕鬆一點。」

「我不是天主教徒。」

「只要是走進教堂大門的人，我都很樂意服務。」

然而那件事的細節已經逐漸淡去。在事發當下，艾德溫在森林裡的詭異遭遇猶若天旋地轉，而此時此刻，他卻回想起從前讀書時一個特別糟糕的上午。當時他大概九、十歲左右，忽然意識到自己讀不懂眼前的文字，只覺得字母都在扭動，然後開始眼冒金星。他從座位上起身，正想請老師讓他去給護士看看，接著就暈了過去。昏厥時除了黑暗以外，還有聲音：群鳥鳴唱般的絮語、空白的渾沌，緊接著是舒舒服服躺在家中床上的感覺──那多半是他潛意識美好的幻想。之後，他在全然的寂靜中醒轉。聲音逐漸恢復如常，彷彿被人緩緩調高音量，寂靜化為喧鬧嘈雜、其他男孩子的驚呼聲，以及老師快速走近的腳步聲──「聖安德魯，起來，別再裝病了。」──艾德溫方才在林中經歷的一瞬間，不也十分相似嗎？他心想，剛才也有聲音，還有黑暗，就和第一次昏倒時相同。也許他不過是在林子裡短暫暈厥罷了。

「我以為我看見了某個東西，」艾德溫緩慢說道，「但現在一想，那或許只是錯覺而已。」

「假如你真看見了什麼，」勞勃茲和聲說，「你也不是第一個看到它的人。」

「這是什麼意思？」

「我──我聽過一些傳聞。」教士說道。「應該說，你在這一帶走動，就會聽到這些傳聞。」

勞勃茲突然改口的方式顯得相當笨拙，在艾德溫看來像是某種偽裝，似是在模仿英國人的說話方式……模仿艾德溫的說話方式。這個男人感覺不對勁，但究竟是哪裡不對勁，艾德溫也說不上來。

「神父，不好意思，請問你是哪裡人？」

「很遙遠的地方。」教士說道。「我來自非常遙遠的地方。」

「我們不都是從遠方來的嗎。」艾德溫有些不耐煩了。「當然，只有當地土著除外。我們先前在森林裡相遇時，你說你是來代理派克神父的吧？」

「他姊姊病了，所以他才在昨夜倉促離開。」

艾德溫點了點頭，卻怎麼想都覺得這句話大有問題。「那就怪了，我昨晚怎麼沒聽到船隻出港的消息呢？」

「我必須向你坦承一件事。」勞勃茲說道。

「請說。」

「剛才在森林裡看到你的時候，我說我正要回教堂，其實我離開時轉身看了一眼。」

艾德溫盯著他。「你看見了什麼？」

「我看見你走到一棵楓樹下，那時你抬頭望向上面的樹枝，然後——這個嘛，我感覺你似乎看到了我看不見的東西。那裡有什麼東西嗎？」

「我看見……這個，我以為自己看見——」

但勞勃茲注視他的眼神過於專注，在這間寧靜的小教堂裡、在西方世界的這一隅，艾德溫感受到了莫名的驚懼。他仍感到有些不適，不僅頭痛欲裂，還完全精疲力竭了。他不想再談了，此時只想躺下來歇息。勞勃茲怎會存在於此呢？他想不明白。

「你說派克是昨夜離開的，」艾德溫說道，「那他想必是用游泳的方式出港了。」

「他的確是昨夜離開的，」勞勃茲說道，「我沒騙你。」

「神父，你知道外界的消息在這地方是多麼稀罕嗎？在這裡，無論是什麼消息都很稀罕。我可是住在寄宿屋，要是昨晚有船出港，那我今早吃早餐時必然會聽到風聲。」下一個極其明顯的想法浮了上來：「說到風聲，你又是怎麼來的？過去一兩天沒有任何一艘船入港，那難道你是從森林裡走出來的？」

「呃，」勞勃茲說，「我用了什麼交通工具並不是非常重要——」

艾德溫陡然起身，迫使勞勃茲跟著起身。教士退入走道，艾德溫和他擦肩而過。

「艾德溫。」勞勃茲還未說完，艾德溫就已經走到門口了。此時有另一位教士爬上從道路通往教堂的階梯，朝他們走來——那是派克神父，他想必剛從罐頭工廠或伐木營回來，滿頭白髮在豔陽下鮮明奪目。

艾德溫回眸望去，只看見空空如也的教堂，以及敞開的後門。勞勃茲已然逃逸無蹤。

二、米芮拉與玟森／二〇二〇年

一

「我想給各位看看一樣怪東西。」這位作曲家是個極端小眾、冷門的名人，換言之，他走在街上完全沒有被人認出的危險，不過在幾個藝術次文化小圈子裡，多數人都聽過他的名頭。他明顯十分不自在，滿頭大汗地靠近麥克風。「我妹妹以前喜歡錄一些影片，她去世後，我在儲藏櫃裡找到了一段影片。我接下來會把影片播給各位看，裡頭有某種奇怪的技術性問題，但我一直搞不清楚那是怎麼回事。」他停頓片刻，調整鍵盤上一個旋鈕。「我寫了一段搭配影片演奏的音樂，不過在故障發生前音樂會中斷，讓我們欣賞科技不完美之美。」

音樂先開始演奏，如夢似幻的弦樂逐漸高漲，彷彿隱隱約約的雜訊，接著影片也開始播放：作曲家的妹妹拿著攝影機走在未經開發的林間小徑，朝一棵古老楓樹走去。她矮身避過樹枝，然後將鏡頭轉而向上，拍攝在陽光與微風中搖曳閃爍的綠葉，這時音樂戛然而止，瞬間填入的死寂宛若樂曲的下一拍。再下一拍，則是黑暗：銀幕閃過一剎那的漆黑，接著是各種聲響交疊的片刻混亂——一小段小提琴樂音、類似都會火車站內部的嘈雜背景音、一種古怪的呼嘯聲，令人聯想到流體動力——然後一拍心跳的時間過後，那一瞬間的混亂結束了，樹木再次出現在鏡頭裡。那之後的運鏡非常狂亂，作曲家的妹妹似乎在匆忙地左顧右盼，甚至可能忘了手裡握著攝影機。

作曲家的樂曲再次演奏了起來，前一段影片順順銜接到他新拍的影片，這一段是他自己錄的多倫多街景，醜陋的街角在銀幕上停留五六分鐘，管弦樂卻竭力奏出隱藏的美感。作曲家快速彈出幾段鋼琴樂，片刻後小提琴接下了這段旋律，音樂層層堆疊的同時，上方銀幕持續放映多倫多街景。

觀眾席前排，米芮拉．凱斯勒已然淚流滿面。她曾是作曲家妹妹——玟森——的朋友，卻沒收到玟森的噩耗。不久後，她默默離開劇場，在女化妝室待了一段時間，試圖恢復鎮定。深深呼吸，補上一層令人安心的妝。「冷靜。」她面對鏡中倒影，出聲說道。「冷靜。」

她之所以來聽這場音樂會，是為了向作曲家打聽玟森的下落。她本想問玟森幾個問題的……這是因為在久遠得如同童話故事的過往，米芮拉曾有個丈夫——費薩——她、費薩、玟森與玟森的丈夫強納森交情不錯。他們度過了數年輝煌歲月，多金闊綽且頻繁旅行的數年，那之後，她的人生突然陷入黑暗。強納森的證券共同基金被爆出是龐氏騙局，費薩無法面對破產的下場，黯然結束了自己的性命。

往後米芮拉就再也沒聯繫過玟森了，畢竟玟森不可能不知情吧？然而費薩死去十年後，某天她和交往一年的女友露易莎在餐廳用餐，忽然感受到了悄悄纏上心頭的疑惑。

兩人當時在雀爾喜一間麵店吃晚餐，露易莎說自己意外收到賈姬姑姑的生日賀卡。米芮拉沒見過女友這位姑姑，因為露易莎的家族總是吵得雞犬不寧。「賈姬大部分時候都滿討人厭的，」露易莎說，「不過我覺得這也是情有可原。」

「為什麼？她經歷過什麼事嗎？」

「我沒說過她的故事嗎？很狂喔。她老公偷偷養了第二個家庭。」

「真的假的？那不是連續劇才會發生的事嗎。」

「不只這樣。」露易莎傾身向前，說出最勁爆的一句話：「他還讓第二個家庭住在對面。」

「什麼？」

「我就說很狂吧。妳想像一下喔，」露易莎說道，「這傢伙是搞對沖基金的，住在公園大道一間公寓裡，老婆沒在上班，兩個小孩讀私校，完全是上東城有錢人該有的樣子。然後有一天啊，賈姬姑姑一看美國運通的結算單，就看到一筆錢付給了一家私校，而且還不是她那兩個小孩讀的學校。她把單子拿給麥克姑丈看，問說『這筆莫名其妙的費用是怎麼回事啊』，結果我聽說麥克差點當場心臟病發。」

「然後呢？」

「他們家兩個小孩那時候好像是讀八年級跟九年級吧，可是賈姬發現，他們家對面一個讀幼稚園的孩子也是麥克姑丈的小孩。姑丈在幫那個五歲小孩繳學費的時候，不小心用錯了美國運通戶頭。」

「等一下，他們真的就住在馬路對面？」

「對啊，面對面的兩棟建築，那兩棟公寓的警衛應該從好幾年前就全看在眼裡了。」

「那她怎麼可能不知情？」米芮拉問道。她就這麼被往昔回憶吞噬，口中的「她」成了多年未見的玟森。

「常常加班的男人什麼醜事都瞞得了老婆。」露易莎說道。她還在談論姑姑的八卦，絲毫沒注意到米芮拉飄遠的心思。「還好我沒在工作，算妳走運。」

「算我走運。」米芮拉重複道，然後在露易莎手背落下一吻。「這個故事真的好狂。」

「他們竟然就住在馬路對面！這絕對是最狂的部分了。」露易莎說。「這個地點選得太大膽了吧。」

「不知道這算是太懶還是太有效率。」米芮拉裝作仍和露易莎在餐廳吃麵，實際上卻已經離此千里了。玟森當初口口聲聲發誓她對丈夫的犯罪行為毫不知情，在被米芮拉刪除的語音留言中這麼說，在錄口供證詞時也是這麼說的。

「米芮拉。」露易莎的手輕輕搭著米芮拉手腕。「回來囉。」

米芮拉嘆息一聲，放下筷子。

「我有跟妳說過我朋友玟森的事嗎？」

「那個龐氏騙子的老婆嗎？」

「是啊。我聽了妳姑姑的故事，突然聯想到她。我有沒有跟妳說過，在費薩死後，我其實見過她一眼？」

露易莎愕然瞠目。「沒有。」

「那時候他剛去世一年多一點，大概是二〇一〇年三、四月的時候吧，我和幾個朋友走進一間酒吧，發現調酒師就是玟森。」

「天啊。那妳對她說了什麼？」

「我什麼都沒說。」米芮拉回道。

她起初並沒有認出玟森。在過往生活富裕時，玟森和其他貴婦同樣留了一頭波浪長髮，然而那天在酒吧裡，她的頭髮剪得很短，而且不僅沒化妝還戴了眼鏡。米芮拉當下只覺得玟森的偽裝是出於惡意——噁心的怪物，妳「當然」會想隱姓埋名了——但現在回想起來，那個畫面蒙上了一層模稜兩可，短髮配眼鏡的素顏造型有了合理的解釋：也許她擔心被丈夫詐騙的投資者會找上門。那段時期的曼哈頓遍地都是慘遭詐欺的投資者。

「我假裝不認識她。」此時的米芮拉對露易莎說道。「大概是想報復她吧，不是什麼光彩的念頭。她以前一直說不知道強納森幹了些什麼，但我就想：妳一定知道，怎麼可能不知情。妳明明知道，還冷眼看著費薩失去一切、失去性命。我那時候滿腦子都是這種想法。」

露易莎點點頭。「她如果知情，那也理所當然。」她說道。

「那要是她真的被蒙在鼓裡呢？」

「她有可能不知道嗎？」露易莎問道。

「我當時不這麼認為，可是聽妳說了妳家賈姬姑姑的悲慘故事，我開始覺得既然一個人連五歲小孩都藏得住，那當然可以隱瞞龐氏騙局的事了。」

坐在餐桌對面的露易莎伸出手，握住米芮拉雙手。「妳去找她談談吧。」

「我不曉得她現在人在哪裡。」

「現在可是二〇一九年，」露易莎說道，「一個大活人怎麼可能人間蒸發。」

但玟森似乎真的銷聲匿跡了。那陣子米芮拉在聯合廣場附近一家高檔瓷磚店當接待員，這種店不需要太多顧客，因為客人一旦消費就是數萬美元起跳。和露易莎吃晚餐的隔天上午，米芮拉坐在汽車大小的前檯後方，忙著消磨一個鐘頭的沉默，她趁這個機會上網搜尋玟森的下落。她先是搜尋玟森丈夫的姓氏，以「玟森．阿卡提斯」為關鍵字搜出了舊時的照片，大多是上流社會的派對、宴會等活動照，其中幾張還包括米芮拉本人。除此之外，她還找到玟森在丈夫的判決聽證會上的照片：身穿灰套裝，神情一片空白。就這樣，沒有別的了。最近期的照片也是二〇一一年的了。米芮拉改用「玟森．史密斯」搜尋，找到了數十個不同的人，其中大多是男性的文森，沒有任何一位是她要找的那個玟森。她尋遍社群媒體與其他網站，完全找不到玟森的蹤影。

她氣餒地往椅背一靠。辦公桌上方高處，電燈嗡嗡作響。米芮拉上班時總會塗上厚厚一層妝，到了下午倦意來襲，她有時會感覺自己的臉無比沉重。在白瓷磚平原般的商品展示區，一名銷售員正在為客人介紹公司的招牌款，那是某種複合材質——看上去像岩石，但實際上不是——客人要什麼顏色公司都能訂製。

玟森的父母早已去世多年，不過她有個哥哥。米芮拉潛入自己平時儘量避免的記憶深淵，挖出那位哥哥的名字。她瞄了店門口一眼，確認沒有客人上門，然後闔上雙眼、深呼吸兩次，在Google輸入「保羅．史密斯＋作曲家」。

於是四個月後，她來到了布魯克林音樂學院，在後臺門外等待保羅・詹姆斯・史密斯現身，滿心希望他能將玟森的聯絡方式告訴她。但玟森已經死了，這下對話想必會和她先前想像的截然不同。後臺門位於少有人經過的住宅區街道，米芮拉一面等待一面來回踱步，她也沒有走遠，頂多往左右走個數英尺。此時是一月底，氣溫卻異常溫暖，離零度還有好一段距離。和她一同等待的人只有一個：和她同樣三十多歲的男子，身穿牛仔褲與沒什麼記憶點的西裝外套，牛仔褲和上衣對他來說都太大件了。男人對她點頭打招呼，她也點點頭，兩人繼續尷尬地等著。一段時間過去了。幾個工作人員開門走出來，看也沒看他們一眼，逕行離去。

這時，玟森的哥哥終於出現了，他看上去有點憔悴，不過在路燈的橘光下人人都顯得氣色不佳。

「保羅——」米芮拉開口的同時，男子同時說道：「不好意思——」兩人抱歉地互視一眼，沒再說下去，保羅的目光則在他們之間飄移。此時又有第三名男人快步走來，他膚色蒼白，頭戴軟呢帽、身穿長外套。

「你們好。」保羅同時對他們三人打招呼。

「你好！」新來的男人說。他取下帽子，露出幾乎全禿的頭頂。「我是丹尼爾．麥康納希，你的大粉絲。剛剛的表演真的太棒了。」

保羅瞬間添了一英寸身高與好幾瓦亮度，踏上前和男人握手。「謝謝你，」他說道，「每次遇到粉絲我都非常開心。」他滿懷期待地看向米芮拉與衣服不合身的男人。

「我是嘉柏瑞．勞勃茲。」衣服不合身的男人說。「很精采的演出。」

「你千萬別往心裡去，」戴軟呢帽的男人說道，「我不是嫌你的手髒，只是自從看到武漢的新聞報導，我就養成了消毒的習慣。」他面帶抱歉的微笑，搓著雙手。

「物媒並不是新冠肺炎的主要傳染途徑。」嘉柏瑞說道。**物媒？新冠肺炎？**米芮拉聽都沒聽過這兩個字詞，另外兩人也都困惑地皺眉。「啊，也是，」嘉柏瑞似乎在自言自語，「現在才一月而已。」他回過神來。「保羅，我能不能請你喝一杯，問幾個作品相關的問題？」他有種淡淡的口音，但米芮拉一時間想不到是哪裡的口音。

「那太好了。」保羅說。「我正想去小酌一下。」他轉向米芮拉。

「米芮拉．凱斯勒。」她自我介紹道。「我是你妹妹的朋友。」

「玟森。」他靜靜說道。米芮拉無法解讀他的神情，除了哀傷之外，他臉上似乎閃過了一絲詭祕。四人沉默片刻。「那，」他故作歡快地說，「不然我們都去喝一杯吧？」

他們來到離劇院幾條街的一間小法國餐館，對面是一座小公園，米芮拉從店內望去，覺得它像是勉強被擋土磚牆攔住的小丘。她極少來布魯克林區，因此這裡的一切對她來說都十分神祕，只知道走出餐廳時，曼哈頓的高樓大廈應該會在左手邊。最初聽到玟森死訊的震驚稍微褪去了，取而代之的是無盡倦意。她坐在戴軟呢帽的男人身旁——忘了他叫什麼名字——對面則是嘉柏瑞，嘉柏瑞身旁則是保羅。軟呢帽滔滔不絕地誇讚保羅的才華、靈感來源、以及受沃荷藝術風格的影響等等；他打從最開始就深愛保羅的作品，之前在邁阿密巴塞爾和那個攝影藝術家——他叫什麼名字呢？——合作真的是一大創舉，後來保羅突然不再和他人合作，而是開始用自己的影片，那也是一大突破，如此這般。保羅笑容滿面，愛極了被讚美的感覺，但這世上有誰不愛受人稱讚呢？米芮拉面對窗戶，目光一再從嘉柏瑞肩頭往公園飄去。假如發生地震，擋土牆破裂了，公園土石會不會從街道對面流過來，埋沒這間餐廳？這時她聽見玟森的名字，將注意力拉回餐桌。

「所以你妹妹玟森，今晚演出用的古怪影片就是她拍的囉？」這句是嘉柏瑞問的，米芮拉對他奇特的名字印象深刻。

保羅笑了。「我哪一部影片不怪呢。」他說道。「我去年被人採訪，對方一直說我獨樹一幟，後來我就說：『你直接說我奇怪就好了啊。奇怪、古怪、荒誕，你自己選一個。』我告訴你們，那之後我們的訪談就變得自在很多了。」他說完故事之後自己哈哈大笑，軟呢帽也跟著笑了起來。

嘉柏瑞微微一笑。「我是指森林小徑那段影片。」他堅持問道。「突然一片漆黑，還傳出怪聲音的那段。」

「喔，對啊。那是玟森的，她之前同意讓我拿來用。」

「影片拍攝地點是在你們小時候的家附近嗎？」嘉柏瑞問道。

「你查得很透徹呢。」保羅讚許地說。

嘉柏瑞點頭接受嘉許。「你是不列顛哥倫比亞人，對吧？」

「是啊，那是溫哥華島北部一個叫凱耶特的小地方。」

「喔，在愛德華王子島附近。」軟呢帽肯定地說。

「但我其實不是在那裡長大的。」保羅說道，顯然沒聽見他的話。「從小住在那裡的是玟森。我們是同父異母兄妹，所以我只有暑假和隔年聖誕節才會去凱耶特。不過你說得沒錯，影片就是在那裡拍的。」

「影片中那……那一瞬間，」嘉柏瑞說道，「我也不知道該叫什麼，那一瞬間的異常——你自己有看過類似的現象嗎？」

「只有用LSD的時候見過。」保羅回答。

「喔，」軟呢帽忽然興致勃勃地插嘴，「原來你還有致幻劑這個靈感來源啊。」他湊上前，說悄悄話似地。「我自己也用過不少致幻劑，一旦你用得夠多，就會開始發現一些世界的真相。這世界上有好多東西都只是幻覺呢，你說是不是？」

嘉柏瑞對他投以困擾的眼神。米芮拉默默觀察他，等待發問的機會。嘉柏瑞似乎有種難以言喻的異樣。

「然後你一旦瞭解了這個，」軟呢帽繼續說道，「一切就都合理了，對吧？我有個朋友一直想戒菸，前前後後大概試了六次、八次吧，可是一直失敗，就是沒辦法。結果有一天他用了LSD，就這樣成功了。他隔天晚上打電話給我說：『丹，奇蹟發生了，我今天完全沒動過抽菸的念頭。』我告訴你，這真的——」

「玟森是怎麼死的？」米芮拉問保羅。她知道自己十分失禮，但她不在乎什麼禮數了。她無法繼續坐在這裡虛度光陰，緩緩陷入悲傷，她只想盡快問出朋友的遭遇、盡快遠離這些人。

保羅愕然眨眼，彷彿忘了她的存在。

「她從船上摔到了海裡。」他回道。「那是大約一年半——不對，兩年前的事了。上個月是她的兩週年忌日。」

「是什麼船？她是去客輪旅遊嗎？」

軟呢帽惡狠狠地瞪著自己的酒杯，嘉柏瑞卻饒富興致地聽著兩人的對話。

「不是，她……我不曉得妳聽過沒有，她在紐約出了事，」保羅說道，「她老公居然是罪犯，真的瘋了——」

「我丈夫生前就是他那個龐氏騙局的投資者。」米芮拉說。「那件事我清楚得很。」

「天啊。」保羅說道。「那他——」

「等一下，」軟呢帽插嘴道，「你們說的是那個強納森．阿卡提斯嗎？」

「是啊。」保羅說。「你也聽過這件事嗎？」

「那場犯罪真的是不可思議。」軟呢帽說道。「他是不是總共騙了兩百億？還是三百億？我記得新聞爆出來的時候，我接到我媽的電話，沒想到我爸存的退休金——」

「所以是什麼船？」米芮拉打斷他。

保羅又愣愣眨眼。「呃。對。」

「妳這人很愛插嘴耶。」軟呢帽對米芮拉說。「我說說而已，妳別往心裡去啊。」

「我沒在跟你說話。」米芮拉說。「我是在問保羅問題。」

「喔對，總之我和玟森失聯了幾年，」保羅說道，「阿卡提斯拋下她自己逃到海外以後，玟森好像去受訓、考了證照，後來到貨櫃船上當廚師。」

「喔。」米芮拉說。「哇。」

「聽起來是很有趣的生活吧？」

「她後來怎麼了？」

「這部分大家都不清楚。」保羅說道。「她從船上消失了，應該是意外吧。他們沒找到遺體。」

直到淚珠滾落雙頰，米芮拉才發現自己哭了。同桌三個男人都一臉彆扭，只有嘉柏瑞想到要遞餐巾紙過來。

「她溺死了。」米芮拉說。

「是啊，看起來是這樣沒錯。他們那時候離陸地好幾百英里，她是在天氣特別差的時候失蹤的。」

「她從前最怕的就是溺水了。」米芮拉用餐巾紙輕拭淚水。沉默之中，焦點轉移至餐廳其他的小聲響：另一桌的情侶在用法語輕聲爭吵、廚房鍋碗瓢盆碰碰撞撞、洗手間的門「砰」一聲關上。

「嗯。」米芮拉說。「謝謝你告訴我這些，也謝謝你請客。」她不知道誰負責買單，但絕不會是她。她起身，頭也不回地走出餐館。

到了戶外，她感覺自己失去了方向。她知道自己該搭Uber回家、一到家倒頭就睡，別幹天黑時在陌生地區散步這種傻事，可是玟森死了啊。米芮拉決定找地方稍坐片刻，先整理思緒再說。這附近感覺治安還行，時間也還不算太晚，而且她什麼也不怕了。於是她過了馬路，走進公園。

公園裡相當安靜，但絕對稱不上毫無動靜。人們走在一汪汪燈光下，情侶搭著肩散步，三五成群的朋友們一同行動，還有個輕聲唱歌的女人。米芮拉感受到懸浮在空氣中的威脅，卻不是針對她。玟森怎麼會死？不可能啊，這一切都不可能。她找到一張長椅，戴上耳機以便在別人前來搭話時裝作沒聽見，然後全心期望自己隱入黑夜。她決定在這裡坐一會，坐在這裡想著玟森，或在這裡坐著、直到找到不再想著玟森的方法為止，然後就回家洗洗睡。然而，她的思緒飄向了玟森的前夫強納森，想到他在杜拜的高級飯店度過餘生。一想到他在那裡——在世上任何一個角落——叫客房服務、使喚工作人員幫他換床單、在飯店泳池游泳，而玟森卻已經死了，米芮拉心中便盈滿了仇恨。

一名男子走到她面前，在長椅上坐下。她轉頭一看，發現是嘉柏瑞，於是她取下耳機。

「抱歉，」他說道，「我看見妳走進公園，雖然這一區治安不錯，但——」他沒有說完，也無須說完。對一個入夜後獨自坐在公園裡的女性而言，沒有「治安不錯」這回事。

「你是誰？」米芮拉問道。

「我算是調查員吧。」嘉柏瑞回答。「我如果詳細介紹這份工作，妳一定會認為我瘋了。」

現在看著他，米芮拉開始覺得他有點熟悉，那張側臉輪廓隱隱喚醒了某個回憶，但她仍想不起過去相見的確切情境。

「你在調查什麼？」

「我老實說吧，其實我對史密斯先生和他的藝術沒有興趣。」嘉柏瑞說道。

「我也是。」

「不過我對——這個，我對一種特定的異常現象頗有興趣，例如影片中突然一片漆黑的時刻。我在後臺門外等著，就是為了問他這件事的詳情。」

「那段影片的確很怪。」

「請問妳有聽過朋友說起那一瞬間的經歷嗎？那畢竟是她拍的影片。」

「沒有。」米芮拉回道。「我印象中她沒提過這件事。」

「我想也是。」嘉柏瑞說道。「她拍那段影片時應該年紀還小，我們小時候看過的事物，有時候不會在記憶裡停留太久。」

我們小時候看過的事物。

「我好像見過你。」米芮拉說。在昏暗路燈下，她凝視著男人的側臉。當嘉柏瑞轉頭面對她，她更加篤定了。「在俄亥俄州。」

「妳怎麼一副見鬼的模樣？」

她從長椅上起身。「那時候在高架道下。」她說道。「那是你吧？」

他皺起眉頭。「妳應該是認錯人了。」

「不對，我覺得那個人就是你。就在警察到場之前，就在你被逮捕前，你說了我的名字。」

他一頭霧水的神情不像是假的。「米芮拉，我——」

「我得回去了。」她匆匆離去，還不到奔跑，而是以在紐約市生活多年練就的方式疾行而去，快步離開公園、回到剛才的街上、回到法國餐館散發暖光的窗前，只見軟呢帽與玟森的哥哥仍在熱絡交談。嘉柏瑞沒有跟來。幸好他穿了白襯衫，在黑暗中非常顯眼。米芮拉遁入住宅區街道的陰影，飛速行經路燈下一幢幢美麗的老舊褐砂石建築、鐵柵欄、老樹；越走越快，朝向前方五光十色的商業區街道，朝向雙輪馬車般、奇蹟般駛過路口的黃色計程車——布魯克林竟然也找得到計程車！——她招手後上車。片刻過後，計程車快速行駛在布魯克林大橋上，米芮拉無聲地在後座哭泣。司機透過後照鏡瞥了她一眼，不過——啊，感謝這座繁華都市裡人與人之間的陌生！——他什麼話也沒說。

二

米芮拉幼時和母親與姊姊蘇珊娜住在俄亥俄州遠郊一間雙層公寓。那片住宅區附近盡是公路商業區與倉儲式商店，農地一路延伸到了沃爾瑪大賣場的停車場後緣，而離此數英里處有間監獄。米芮拉與蘇珊娜的母親一人打兩份工，在家的時間不多，睡眠時間也不多。她總是在清晨——冬季甚至是破曉前——起床，往女兒的麥片碗裡倒牛奶，一面睡眼惺忪地喝咖啡，一面幫她們紮頭髮，然後開車送她們去上學。她親了親女兒、向她們道別後，她們接下來十個鐘頭都在學校度過——提早到校、上課、課後活動。到傍晚時分，姊妹倆搭校車到離家半英里處，然後下車走回家。

那半英里路程絕對稱不上安全友善。她們必須從高架道下方穿到另一頭，米芮拉每次經過高架道都害怕不已。儘管如此，她住在俄亥俄州那許多年——從五歲到輟學、搭長途巴士去紐約市的十六歲之間——其實只出過一次事。當時米芮拉九歲，所以蘇珊娜應該是十一歲，她們在校車離站時聽見了槍響，不過事後回想起來才意識到那是槍聲。在當下，兩姊妹只互看了一眼，在那冬季薄暮中，蘇珊娜聳了聳肩。「應該只是引擎逆火之類的吧。」她說。只要是蘇珊娜說的話米芮拉都信，於是她牽著姊姊的手一同前行。那天下著雪，高架道之下宛如漆黑洞口，等著吞噬她們。沒事的。米芮拉告訴自己。**沒事的，沒事的**。因為以前每次經過都沒事……但這回就不一樣了。她們踏入陰影之時，聲音再次響起，這次似乎震耳欲聾。她們停下腳步。

前方幾碼處，兩個男人倒在地上，其中一人毫無動靜，另一人仍在抽搐。她距離他們有點遠，光線又不佳，看不太清楚他們怎麼了。第三名男人頹然坐在牆邊，一隻手鬆鬆握著手槍。還有第四個男人快步跑走——腳步聲迴響著——但米芮拉只在那一剎那瞥見他，他手忙腳亂地爬上對面的路堤，眨眼間消失無蹤了。

米芮拉、蘇珊娜、握槍的男人、地上死去或瀕死的兩個男人凍結在原處良久，形成一幅冬季靜景。究竟過了多久呢？感覺彷彿永恆。好幾個小時，好幾天。握槍的男人似乎很睏，像是被人下了藥，甚至一兩度疲憊地垂頭。然後藍色與紅色的警車燈傾瀉在他們身上，他這才清醒過來。他愣愣盯著手裡的槍，彷彿不確定它是從何出現的，接著他轉頭直視兩姊妹。

「米芮拉。」他說。

接著是一連串呼喝聲與一片混亂，身穿深色制服的警員一擁而上——「**放下武器！放下武器！**」——然後儘管客觀來說事件真的發生過，米芮拉與蘇珊娜真做了筆錄，隔天報上也真出現了相關報導（「高架道下二人遭射殺：嫌犯被捕」）……那之後多年來，她輕易相信了最後這一部分純粹是自己的狂想，那人並沒有真正說出她的名字。他怎麼可能知道米芮拉的名字呢？而且蘇珊娜印象中他也沒說話啊。

然而這許多年後，米芮拉安安穩穩地過著截然不同的人生，坐在開往曼哈頓的計程車後座，心中卻萌生了揮之不去的堅定信念：通道裡那個男人就是嘉柏瑞．勞勃茲。

她閉上雙眼，儘量放鬆，這時感覺到手裡的手機震動一下，是女友傳來的訊息：妳要來潔西的派對嗎？

她花費片刻才回想起來，回了訊息──我在路上了──然後透過後照鏡對司機揮手。

「不好意思。」

「小姐？」他說道，對這位不久前還在哭泣的乘客保持小心翼翼的態度。

「可以換個目的地嗎？我得去一趟蘇活區。」

三

她穿過整個派對會場才終於找到露易莎，只見女友在露臺上抽菸──說是露臺，實際上也就只是一小塊鋪了瀝青的屋頂而已。她親了女友一下，彆扭地跟著在窄長石椅上坐下。

「妳這幾天還好嗎？」露易莎問道。她們沒有同居，不過經常膩在一塊。

「還不錯。」米芮拉回道，因為她不想多談。對露易莎說謊一點也不難，這點令她感不安。她知道不該把不同的人拿來比較，這樣對他們不公平，這是眾所周知的道理——不過她現在遇上了問題，感覺露易莎比玟森無趣太多太多了。露易莎有種純潔的特質，彷彿從小受人呵護、避開了人生中尖銳的稜角，而對此時的米芮拉而言，這樣的特質已然失去吸引力。「我只是有點累。」米芮拉又說。「昨晚沒睡好。」

「為什麼啊？」

「不曉得耶，就偶爾會睡不好吧。」

今晚的另一個問題是，這是潔西舉辦的派對，和潔西相熟的人不是露易莎，而是米芮拉。在久遠以前那段和現在迥異的人生中，米芮拉曾和費薩來過這個露臺，當時的露臺和此時同樣飾有彩色小燈泡與棕櫚盆栽，卻同樣感覺如同井底。這就是和費薩時期幾個朋友保持聯絡的壞處了——她不時會來到危險地帶，被捲入另一段人生的回憶，露臺也是其中之一。過去另一個夜晚，另一場派對上——那是十四年前嗎？還是十三年前？——喝到微醺的她和玟森也曾站在此處，仰望上方的一小片烏黑夜空，尋找玟森發誓她真看見了的北極星。

「就在那邊。」玟森當時說道。「妳順著我手指的方向看過去，它沒那麼亮。」

「那是衛星啦。」米芮拉說。

「哪裡有衛星？」費薩跟著走上露臺，開口問道。他們那天分別來到派對會場，所以這是她整天下來初次見到費薩。她親吻費薩時注意到玟森的目光朝他們瞟來，又默默回到天上。米芮拉和玟森不同，她是真心愛自己的丈夫。

「在那裡。」米芮拉指著上空說。「它在動，對不對？」

費薩瞇起雙眼。「妳說了算囉。」他說道。「我可能得重配眼鏡了。」他環顧這塊小小的空間，摟住米芮拉的腰。「哇，」他又說，「好一個可愛的波西米亞風易燃建物。」

他說得沒錯，他們所在處四面都是建築物，其中三面是隔壁建築的外牆，第四面則是回派對會場的那道門。這許多年後，和露易莎並肩坐在露臺上的米芮拉闔眼片刻，悄然抹去費薩仰望夜空的形影。

「妳今天做了什麼啊？」露易莎問道。

米芮拉曾經喜歡露易莎這份好奇——她一度心想，能和一個對她如此感興趣、關心到出聲詢問她生活點點滴滴的人交往，真是太幸福了——不過今晚的她聽在耳裡，只覺得煩擾難耐。

「我去散步，洗了衣服，主要都盯著Instagram吧。」現在想想，嘉柏瑞・勞勃茲不可能是當年出現在高架道下的男人，那都是幾十年前的事了，嘉柏瑞怎麼可能絲毫沒有年歲增長的跡象呢。

「那妳今天過得滿意嗎？」

「當然不滿意了。」米芮拉回道，語氣稍微尖銳了些。露易莎投來詫異的眼神。

「不然我們出去玩吧。」露易莎說道。「說不定可以租一間小屋，出城度假幾天。」

「聽起來很棒。」但米芮拉聽見這句提議時，心中卻意外地不快樂。她赫然發現，自己打從心底不想和露易莎租小屋度假。

「但首先，」露易莎說，「我得再去喝一杯。」她回到室內，米芮拉獨處了一陣子，然後有個女人走來借打火機，並提出要以算命的方式回報米芮拉。米芮拉照著女人的指示伸出手掌，為自己雙手顫抖感到難為情。她怎會如此迅速、如此乾脆地對露易莎失去愛戀之情呢？過去在俄亥俄某個高架道下遇見的男人，怎會多年後出現在紐約？玟森怎麼會死了？算命師伸手覆蓋米芮拉雙手，兩人幾乎手掌相貼，然後她闔上眼眸。米芮拉喜歡這單方面觀察她的機會，近看之下，算命師沒有遠看那麼年輕，也許三十多歲，臉上已浮現細微的皺紋。她搭配不同花色材質的圍巾，圍了好幾條在身上。

「妳是哪裡人呢？」她問道。

「俄亥俄人。」

「不是，我是問妳的故鄉在哪。」

「還是俄亥俄。」

「喔，我還以為妳有別地方的口音。」

「我的口音也是俄亥俄來的。」

算命師仍閉著雙眼。

「妳心底藏了祕密。」她說道。

「所有人都有祕密吧？」

她睜開雙眼。「那這樣吧，妳把妳的祕密告訴我，我把我的祕密告訴妳，我們從此再也不見面。」她說道。

相當誘人的提案。「好啊。」米芮拉說。「可是由妳先說。」

「我的祕密是，我其實很討厭人。」女人真摯無比地說道，首次博得米芮拉的好感。

「妳討厭所有人嗎？」

「可能只有三個人除外。」她說。「換妳說。」

「我的祕密是，我想殺掉一個男人。」是真的嗎？米芮拉自己也不確定，但這句話聽在耳裡頗為誠懇。

算命師目光掃過米芮拉的臉，似乎想猜出這是不是笑話。「是特定一個男人嗎？」她問道。她怯怯一笑——妳在開玩笑吧？拜託跟我說這是玩笑話——然而米芮拉沒有回應她的笑容。

「對。」米芮拉說。「是特定的一個男人。」話語出口的同時化為現實。

「他叫什麼名字？」

「強納森．阿卡提斯。」上一次說出這個名字是什麼時候的事了？她喃喃重複這個人名，這回聲音小了些。「其實我可能也不想殺他，就只想和他說說話而已。我也不曉得。」

「這兩件事差很多呢。」算命師說道。

「是啊。」米芮拉對著夜空、不遠處的派對喧鬧聲、菸煙的臭味、算命師的臉，闔上了眼睛。「我可能得下定決心了。」

「好喔，」算命師說道，「呃，總之謝謝妳借我打火機。」她悄悄遠離米芮拉，穿過失落世界門戶般的露臺門，消失在了派對之中。今夜氣溫寒涼，明月高掛在紐約市上空。米芮拉站在原處望月半晌，然後回到了派對會場，彷彿回到曾經作過的一場夢，周邊萬物都只剩下抽象色彩、動態與燈光。露易莎在客廳跳舞。米芮拉遠遠觀察她片刻，這才穿過人群朝她走去。

「我頭有點痛，」米芮拉說道，「就先回去了。」

露易莎吻她一下，這時米芮拉明白：她們這段感情結束了。她對這一吻沒有任何感覺。「那妳再打給我。」露易莎說。

「別了。」米芮拉一面用法語道別，一面退入人群，而不懂法語也不懂她言下之意的露易莎，對她拋了個飛吻。

三、地球最後的巡迴簽書會／二〇二三年

巡迴簽書會第一站是紐約市，奧莉芙先是在兩間書店的簽書活動露面，接著在書商晚宴前偷閒一個小時，到中央公園透透氣。薄暮時分的綿羊草原：銀白光輝，草地上的葉片仍沾著水珠。天上擠滿了低空飛行的空船，遠方則是向上飛往月球殖民地的一艘艘客機，宛若劃過天際的流星雨。奧莉芙暫停片刻找尋方向，然後朝達科塔公寓古老的雙重樓影走去，公寓後方則是層層疊疊的百樓高塔。

奧莉芙的新公關經理就在達科塔公寓等著她，這位公關是大西洋共和國所有活動的負責人。艾蕾塔比她年輕幾歲，畢恭畢敬的態度令奧莉芙有些侷促。當奧莉芙走進公寓大廳時，艾蕾塔迅速起身，方才和她交談那人的立體投影也同時消失。「剛剛在公園散步還愉快嗎？」她問道，臉上已然浮現迎接正面回應的笑容。

「非常愉快呢，謝謝關心。」奧莉芙說道。她沒說的是：**看到這些美景，我真希望自己能住在地球上**。之所以沒說，是因為她上回對工作人員傾訴心底的想法，那人居然對當天共進晚餐的所有人分享了這件事——「你們知道在搭車過來的路上，奧莉芙對我說了什麼嗎？」蒙特婁一名圖書館員興奮地對餐廳裡其他興致勃勃的圖書館員說道。「她說她開始演講前其實有點緊張耶！」——於是呢，現在奧莉芙為自己訂下規則，再也不對任何人揭露任何貼近內心的情報了。

「那麼，」艾蕾塔說，「我們差不多該出發去會場了。它離這裡大概六、七條街，要不要直接……？」

「我很樂意步行過去，」奧莉芙說道，「如果妳不介意的話。」她們一同走到戶外，迎向夜間的銀白都市。

奧莉芙當真希望自己能住在地球上嗎？在這方面，她的想法一直搖擺不定。她自幼生活在二號月球殖民地一百五十平方公里的空間，那地方取了個很有創意的名字：二號殖民地。它在奧莉芙眼中十分美麗——二號殖民地這座城市有著白色岩石、尖狀高塔、行道樹與小公園、高樓大廈街區、小房屋與迷你草坪組成的社區，以及在拱型天橋下流動的河川——但話雖如此，未經規劃的都市也有它們獨特的美感。二號殖民地的對稱性與規律令人心安，然而在一些時候，規律也能壓得你喘不過氣來。

那晚在曼哈頓的演講結束後，排隊簽書的一名青年在桌子對面跪了下來，平視著奧莉芙說道：「我想請妳簽書——」他的語音微微顫抖。「——不過我真正想對妳說的是，妳的書幫我熬過了去年一段非常黑暗的時期。我對妳感激不盡。」

「喔。」奧莉芙說。「謝謝你，這是我的榮幸。」但在這種時刻，「榮幸」總是不足以傳達她的感受，這錯誤的用詞令奧莉芙感到虛偽無比，彷彿自己不過是飾演「奧莉芙・李韋林」這個角色的演員罷了。

「不管是誰，偶爾都會產生自己是冒牌貨的感覺。」隔夜，在從丹佛空船航廈開往奧莉芙父母居住的小鎮路途中，爸爸對她說道。

「這我知道。」奧莉芙說。「我也明白這不算什麼真正的問題。」就奧莉芙對自己的理解，她生活中並沒有任何「真正的問題」。

「是啊。」爸爸微微一笑。「妳最近應該忙得暈頭轉向吧？」

「可能有一點。」奧莉芙只能和父母相處四十八小時，之後就得重返巡迴行程。他們此時經過農業區，望見碩大的機器人緩緩在田間移動。這裡的陽光比家鄉刺眼一些。「但再怎麼暈頭轉向，」她說道，「我還是對這一切心懷感激。」

「是呢。不過這些天和希薇還有狄昂分隔兩地，應該很辛苦吧？」

他們此時已在父母居住的小鎮外圍，駛經機器人維修廠區。

「我都儘量不去想這個。」奧莉芙說道。灰色工廠消失了，取而代之的是漆得鮮豔討喜的小店面與房屋，鎮中心的大鐘在陽光下閃耀。

「要是讓自己執著於這件事，妳就再也受不了那種距離感了。」父親的目光緊盯著前方道路。「到囉。」他說。他們轉上父母居住的那條街，他們的屋子近在眼前，母親就站在門口。懸浮車一停奧莉芙便跳下車，迫不及待地奔到母親懷裡。**既然受不了這種距離感，**無論是在當下或接下來和父母團圓的兩天，她都沒有問出口：**那你們為什麼偏要住得離我這麼遠呢？**

奧莉芙父母的房子稱不上她童年的家——那個家在她出去讀大學過後數週、父母決定到地球過退休生活時就賣了——不過這幢房屋仍令她莫名安心。「難得見到妳，我好開心。」奧莉芙臨行前，母親輕聲說道。她抱著奧莉芙片刻，摸了摸女兒頭髮。「早點再來看我們喔。」

一輛懸浮車停在屋外，司機是和奧莉芙合作的其中一家北美出版社僱來的。她今晚在科羅拉多泉一間書店有活動，明天清早就接著要飛往德撒律參加節慶活動。

「我下次也帶希薇和狄昂來看你們。」奧莉芙說道，然後跨步返回巡迴簽書的行程。

巡迴簽書會的悖論在於，奧莉芙迫切思念丈夫和女兒，卻也喜歡週六上午八點半走在鹽湖城空無一人的街道上，呼吸清冽的秋季空氣、仰望白光中盤旋的鳥兒。當你知道上方的清澈藍天不是穹頂時，抬頭望天這動作添了一種別緻的韻味。

隔天下午在德克薩斯共和國，她又萌生了出門散步的念頭。在地圖上，她所在的飯店——拉金塔——對面又是一棟拉金塔，兩者之間夾著一片停車場，馬路對面則是一簇餐廳與商店。然而地圖上沒畫的是，那條馬路其實是車水馬龍的八線道快速道路，中間沒有人行道，路上大多是現代懸浮車，但偶爾可見堅決走復古風的多輪大貨車，令奧莉芙深感好奇。她沿著快速道路走了一段，對面商家與餐廳宛如閃爍浮動的海市蜃樓。在這種路段過馬路就是拿性命開玩笑，所以她沒有冒險。回到飯店時，她感覺有什麼東西刮著腳踝，低頭一看才發覺襪子上黏滿了小刺果，一顆顆意外地尖銳的黑褐色小星星黏著布料，宛若微型武器，她還得小心翼翼拔除它們。奧莉芙將它們放在桌上，從各種角度拍下它們的模樣。它們堅硬又光亮，完美無瑕的樣子像極了生物科技產品，但她將其中一顆拆解開來，卻發現它是真的——不對，不能用「真的」形容它們，畢竟看得見、摸得著的一切事物都是真的。奧莉芙發現，這是自然生長出來的東西，是某種月球殖民地沒有的神祕植物的一部分，於是她將其中幾顆裹在襪子裡，小心翼翼地收入行李箱，打算帶回去送女兒。希薇現在五歲，就愛收集這類小東西。

「我讀不懂妳這本書耶。」達拉斯一名女性讀者說。「書裡有好多條故事線，好多個角色，我一直在等他們產生交集，可是他們一直都沒有碰面，結果書就這樣結束了。我那時候就覺得——」讀者雖然在陰暗的觀眾席遠處，奧莉芙仍看見她做出將書翻到最後一頁的動作。「——我想說：『啊？這本書是不是缺頁了？』怎麼就這樣結束了？」

「好喔。」奧莉芙說。「所以總的來說，妳的問題是……」

「我只是覺得，怎麼會這樣。」女人說道。「我的問題是……」她雙手一攤，似在說：幫幫我好不好，我詞窮了。

那晚的飯店房間只有純粹的黑白兩色。奧莉芙夢見自己和母親下西洋棋。

那本書的結局會太突兀嗎？接下來三天她對這個問題念念不忘，從德克薩斯共和國一路思索到了加拿大西部。

「我也不想太悲觀，」和丈夫講電話時，奧莉芙說道，「可是我這三天幾乎沒闔眼，今晚的演講可能沒辦法表現得太好。」她此時身在紅鹿市，飯店窗外的住宅塔樓在黑夜裡閃爍著點點燈光。

「別悲觀。」狄昂說。「想想我釘在辦公室的那句名言。」

「『只要你不軟弱，人生將繁花似錦。』」奧莉芙唸道。「說到辦公室，最近工作忙嗎？」

他嘆息一聲。「我被指派去參加新計畫了。」狄昂是建築師。

「那間新的大學嗎？」

「嗯，算是吧。它是物理學研究中心，但也……我已經簽了滴水不漏的保密合約，所以妳千萬別告訴別人喔。」

「那當然，我誰也不說。不過那就只是大學建築而已，有什麼好保密的？」

「它不太……我不太確定它是不是大學。」狄昂聽上去有點困擾。「藍圖有幾個地方感覺非常詭異。」

「怎麼詭異法？」

「舉例來說，它有一條地下道，連到了馬路對面的保安總部。」他說道。

「大學為什麼要和警察局相連？」

「這我也不曉得。而且，這棟建築的後側緊鄰後面的公務機關建築，」狄昂又說，「這部分我一開始也沒有多想，畢竟它們都蓋在鬧區黃金地段，大學直接蓋在政府大樓隔壁也不奇怪。重點是，這兩幢建築沒有分開，它們之間有好多條連通道，簡直可以說是同一棟大樓了。」

「真的呢，」奧莉芙說，「聽起來真的不對勁。」

「總之，參與這項計畫對我的事業應該大有好處吧。」

從他的語調聽來，狄昂想轉移話題了。「希薇最近還好嗎？」

「還不錯。」狄昂立即將話題轉到某件芝麻蒜皮般的小事，似乎和購物訂單與希薇在學校的午餐有關，奧莉芙聽得出，希薇少了母親的陪伴應該過得不是非常好，但她感激狄昂這份體貼的委婉。

隔天一早，她飛到極北一座城市接受一整天的採訪，晚間則發表演講，那之後是大排長龍的簽書與宵夜，緊接著是三小時睡眠，然後凌晨三點四十五分搭車前往機場。

「妳是做什麼工作的啊，奧莉芙？」司機問道。

「作家。」奧莉芙說。她閉著雙眼，頭靠著車窗，但司機又說話了：

「妳都寫什麼啊？」

「書。」

「說詳細一點嘛。」

「這個嗎，」奧莉芙說，「我最近在巡迴簽書，就是因為前陣子出了一部叫《馬倫巴》的小說，講的是全球流行病的故事。」

「這是妳最新的書嗎？」

「不是，那之後我又寫了兩本書，不過《馬倫巴》要改編成電影了，所以我這次巡迴簽的是新版。」

「好有趣喔。」司機說，接著談到了她自己想寫的一本書。那似乎是某種科幻／奇幻史詩故事，設定在現代世界，不過有巫師、惡魔與會說話的老鼠。老鼠屬於正義的一方，會幫助巫師。牠們之所以是老鼠，是因為司機讀了這麼多關於會說話的動物朋友的故事，總覺得那些動物太大了，都是些馬啊、龍啊之類的，但你如果成天和龍或馬在一起，完全不可能祕密行動啊。太不切實際了。你是要怎麼帶馬進酒吧喝一杯？所以了，司機說道，你需要一隻可以裝在口袋裡的動物朋友，像老鼠就很適合。

「嗯，老鼠的確比較方便攜帶。」奧莉芙說。她試圖撐開眼皮，卻費了好一番功夫。前方高大的運輸貨車一再蛇行，擋住中間車道，不知是人類在開車，還是自駕軟體出了問題？兩者都令人不安。司機說起了多重宇宙的可能性：這裡的老鼠不會說話，她指出，但我們能合理推測所有世界的老鼠都不會說話嗎？她似乎在等待奧莉芙的回應。

「呃，我對老鼠的身體構造瞭解不深，」奧莉芙說道，「不知道牠們的嗓子或聲帶之類的東西有沒有可能發出人類語音，但再仔細想想，也許不同宇宙的老鼠構造也不同……」（這時她或許已經咬字含糊，甚至沒將話語說出口了。保持清醒太消耗體力了。）運輸貨車的後端很美，有著菱形紋路的鋼鐵被她們的車頭燈一照，閃耀出明豔光芒。

「妳想想看喔，」司機繼續說道，「搞不好在其中一個宇宙，妳的書會成真——書裡的事情搞不好真的會發生喔！」

「希望不會。」奧莉芙說。她只能勉強半開著雙眼，視野內的光源都漾出尖銳的長直輝芒：儀錶板、車尾燈、反射自貨車後端的燈光。

「所以妳的書，」司機說道，「寫的是流行病的故事囉？」

「對，是在科學層面上不太可能存在的流感。」奧莉芙無法繼續睜眼了，於是她舉旗投降、闔上雙眼，任由意識陷入半睡半醒的狀態，但若有人喚醒她，她還是能——

「妳有沒有看到最近的新聞啊？」司機又問。「澳洲不是有什麼新的病毒嗎？」

「或多或少看了一些。」奧莉芙閉著眼睛說。「目前看來疫情控制得很好。」

「跟妳說啊，」司機說，「我的書裡也有末日背景喔。」她花了些時間講述時空破裂所造成的大災變，但奧莉芙已經累得什麼都聽不懂了。

「啊呀，我害妳說了一路的話！」車子駛入機場時，司機歡快地說。「妳都沒補到眠呢！」

十二小時後，奧莉芙對滿堂觀眾發表關於《馬倫巴》的演說，內容多是她先前查到的流行病史資料。這段演講如今她已倒背如流，甚至不太需要有意識地思考，可以任心思飄向遠方。她一再回想起和那名司機的對話，想起自己那句「目前看來疫情控制得很好」，不過從流行病學的角度而言，既然傳染病的疫情都爆發了，那「控制得很好」基本上不就等同「完全沒控制住」嗎？**專心**，她告訴自己，然後將注意力拉回此時此刻，回到講桌邊、刺眼燈光下、麥克風前。

「在一七九二年春季，」她說道，「喬治．溫哥華船長乘著發現號沿日後的不列顛哥倫比亞海岸北上，他和船員向北航行時，心裡越來越忐忑。這地方氣候宜人、地貌蓊鬱，卻貌似空無一人。溫哥華在他的航行日記中寫道：『我們航經將近一百五十英里的海岸，卻連一百五十個當地居民都沒見著。』」奧莉芙頓了頓，啜了口水，讓觀眾消化這份資訊。病毒型傳染病的狀態就只有「控制住」與「沒控制住」兩種，沒有第三種可能性了。她最近睡得太少了。她放下水杯。

「他們上岸後，發現了幾座可以住上好幾百人的村莊，村子裡卻不見人影。他們繼續往內陸探索，這才意識到附近的森林都成了墳場。」在她生下女兒前，演講的這一部分相當輕鬆，現在卻幾乎說不出口了。奧莉芙暫停片刻，穩住心神。「樹上三、四公尺處，綁了好幾艘裝有人類遺體的獨木舟。」她說道。**那不是希薇的遺骨。不是希薇。不是希薇。**「他們另外在海灘上找到了骨骸。那是因為天花已經早一步登陸了。」

那晚演說結束後，奧莉芙一面為大排長龍的讀者簽下自己的名字，一面不住想著種種可能發生的災難。給桑德，奧莉芙．李韋林。給克勞迪歐，奧莉芙．李韋林。給蘇海，奧莉芙．李韋林。給惠勝，奧莉芙．李韋林。會不會再次爆出全球疫情呢？今早紐西蘭也出現了幾個新個案。

那晚的飯店房間主基調是米灰色，床頭上方掛著某種有著浮誇花瓣的粉紅色地球花朵——是牡丹嗎？

「在溫哥華船長登陸的一年前，也就是一七九一年，」奧莉芙在另一座城市裡，對另一批觀眾發表同樣的演說，「商船重建哥倫比亞號也曾航行在同一片海域，從事海獺皮貿易。」海獺長什麼樣子呢？奧莉芙從未見過這種生物，她決定晚點查資料。「他們也有相同的遭遇，發現這片土地前不久人口銳減，極少數倖存者身上都留下了恐怖的疤痕，口中說著恐怖的故事。『這些士著明顯遭遇過對人類的天罰：天花。』船員約翰．博伊特寫道。另一名船員約翰．霍斯金斯則義憤填膺：『惡名昭彰的歐洲人，使所有基督教徒染上汙名之人，』他寫道，『是你們將最可惡的疾病帶到你們所謂蠻人的國度，並將疾病留在了這裡嗎？』」

啜一口水。觀眾鴉雀無聲。（一個得意的想法閃過腦海：我完全控制了現場氛圍。）「不過呢，」她接著說道，「這當然只是冰山一角而已。在天花被人從歐洲帶到美洲之前，它還得先入侵歐洲。」

那夜，她下床時撞上了床頭櫃，因為腦中仍留存上一間飯店房間的格局。

隔天上午，在銜接兩座都市的漫長車程中，司機問奧莉芙家裡有沒有孩子。

「我有個女兒。」奧莉芙回答。

「幾歲了？」

「五歲。」

「那妳怎麼會來這裡？」司機問道。

「這是我賺錢扶養她的方法啊。」她用最不慍不火的語調說道，沒有說：媽的，我要是男人你就絕不會問我這種問題，因為車內就只有這個男人與奧莉芙兩人而已。她看著一棵棵樹木溜過窗外，車子正穿行一片森林保留區。她幻想希薇就在身邊，幻想自己伸手就能握住她溫暖的小手。

「妳是在那上面長大的？在殖民地那邊？」一段時間過去後，他突然問道。他們先前聊到了月球殖民地。

「是，我祖母就是最早期的移民者之一。」

她偶爾喜歡想像二十歲的祖母，想像她搭上空船，在黎明第一道曙光下飛離溫哥華空船航廈，化作消失在黑暗中的一道流星。

「我從以前就一直想上去。」司機說道。「可是到現在都沒機會去。」

別忘了，妳能四處旅行是妳運氣好。別忘了，有些人從出生到死都沒機會離開這顆星球。奧莉芙闔上雙眼，以便更清楚地幻想坐在身旁的希薇。

「是說，妳聞起來好香喔。」司機說。

接下來四個飯店房間都是同樣的灰白色，格局也都完全相同，因為那四間飯店都屬同一家連鎖企業。

「這是您第一次在我們這裡住宿嗎？」第三或第四間的前檯小姐問道。奧莉芙一時不知該如何回答；住過一間萬豪飯店，不就等同每一間都住過了嗎？

又一座城市：

「在天花被人從歐洲帶到美洲之前，它還得先入侵歐洲。」奧莉芙開始後悔今天穿毛衣出門了，多倫多會場的燈光太過熾熱。「在第二世紀中葉，羅馬軍隊遠征美索不達米亞的塞琉西亞城，結果將一種新的疾病帶回到本國首都。

「這種疾病後來被稱為安東尼大瘟疫，患者會發燒、嘔吐、腹瀉，幾天過後皮膚嚴重起疹。羅馬人民對這種病毫無免疫力。」這段演說奧莉芙已經發表過無數次，現在甚至感覺如同中立的旁觀者，從遙遠之處聽著自己口中說出的字句與抑揚頓挫。

「安東尼大瘟疫在羅馬帝國肆虐，」奧莉芙對聽眾說道，「羅馬大軍土崩瓦解。帝國境內一些地區失去了三分之一人口。有趣的是，羅馬人認為這是他們在塞琉西亞城所作所為招致的惡果。」

狄昂來電時，她人在那晚的飯店房裡——主要是米色與藍色，再加上些許畫龍點睛的粉色。狄昂竟然主動打來，這就怪了，平時都是奧莉芙打給他的。他聽上去相當疲倦，說是最近頻繁加班、新的大學建案很詭異、希薇也變得愛鬧脾氣了。他今天去學校接女兒時，不肯離開的希薇大鬧了一場，旁人紛紛對狄昂投來憐憫的眼光、柔和的神情。「妳有沒有追蹤澳洲新流行病的消息？」他問道。「我有點擔心那邊的情況。」

「不算有。」奧莉芙說。「老實說，我已經累到沒力氣思考了。」

「真希望妳能回家。」

「我很快就回家了。」

他沉默不語。

「我得先走了。」她說。「晚安。」

「晚安。」說罷，他掛了電話。

「攻陷塞琉西亞時，」一兩天後，奧莉芙對辛辛那提商業圖書館的眾人說道，「羅馬大軍摧毀了阿波羅神殿。根據同時代歷史學家阿米阿努斯．馬爾切利努斯的文字紀錄，羅馬士兵在神殿裡發現一道狹縫，他們將縫隙開得更大，希望能找到隱藏的財寶，沒想到縫隙裡『散發出飽含無解之症的瘟氣，汙染了全世界，從波斯邊境到萊茵河與高盧都染上了傳染病與死亡。』」

停頓。喝水。節奏感再重要不過。

「在我們現代人看來，這套解釋也許顯得有點可笑，不過他們面對從天而降的噩夢時也只能狂亂地尋求原因。我認為這套說法之所以天馬行空，是因為它觸及了我們恐懼的根本：時至今日，疾病在我們眼中仍帶有恐怖的神祕感。」

她掃視人群，演講到了這個段落，部分觀眾臉上總會浮現一種特定的哀戚。無論在哪裡，人叢中必定有幾人罹患無解之症，也必然有幾人的至親至愛在近期死於疾病。

「妳會怕最近的新病毒嗎？」奧莉芙問辛辛那提的圖書館長。她們同坐在館長辦公室裡，奧莉芙剛才只看一眼就將這間辦公室排在自己見過所有辦公空間的第一名，它位於藏書空間之下，樓上是一排排積累了數百年歷史的鍛鐵書架。

「我都儘量不去為這件事憂心。」館長說道。「希望過一陣子就會不了了之。」

「流行病大概都會默默消失吧。」奧莉芙說。是真的嗎？即使話說出口，她仍不甚確信。

圖書館長點了點頭，目光游移到了別處，明顯不願談論流行病這類話題。「我來跟妳分享這地方的了不起之處吧。」她說道。

「喔，快請說。」奧莉芙說。「我好久沒聽到任何了不起的事情了。」

「其實這棟建築本身不屬於我們，」館長說道，「但我們握有這塊空間的萬年租約。」

「那真的很了不起呢。」

「這是十九世紀人的傲慢，他們居然認為一萬年後還會有文明存在。不過呢，最驚人的還不是這個。」她靠上前，戲劇化地頓了頓。「更了不起的是，我們還可以續約喔。」

那晚的飯店房間竟然有一扇可開的窗，奧莉芙在歷經十多間無法開窗的房間後，彷彿見證了奇蹟。她花很長一段時間在窗邊讀小說，享受甘美的新鮮空氣。

隔天上午準備離開辛辛那提時，奧莉芙坐在機場等候室欣賞日出。熱氣在柏油路面蒸騰，天際蒙上了粉彩。悖論：我想回家，但也想永遠在這裡欣賞地球的日出。

「事實上，」奧莉芙站在巴黎會場的講桌前說道，「即使到了數百、數千年後的今天，即使有了許許多多科技進步，即使我們對疫病的科學認知大有長進，我們有時還是說不出為什麼一個人會生病、另一個人卻不會，或者為什麼一個病人活下來了，另一個病人卻會死去。疾病之所以可怕，是因為它混亂無序，有種恐怖的隨機性。」

那晚的接待會上，有人輕拍她肩膀，她轉身發現是自己在大西洋共和國的公關經理——艾蕾塔。

「艾蕾塔！」她說。「妳怎麼來巴黎了？」

「我在休假，」艾蕾塔說道，「不過我一個好朋友在和妳合作的那間法國出版社上班，她弄到了兩張接待會入場票，我想說來跟妳打聲招呼。」

「在這裡遇見妳真是太好了。」奧莉芙誠懇地說，但這時有人將她拉走，要她和一群贊助人與書商說說話。奧莉芙站在那圈人中間，他們問起她下一本書何時會問世、她對法國的印象、她的家人此時在哪。

「妳老公人真好，」一個女人說，「他竟然願意幫妳照顧女兒，讓妳來做這些。」

「請問妳是什麼意思呢？」奧莉芙問道，但她當然明白那女人是什麼意思了。

「就是說，妳出來做這些工作的時候，他竟然願意在家照顧妳女兒耶。」女人說道。

「不好意思，」奧莉芙說，「我的翻譯機似乎出了問題，妳該不會認為他出力照顧自己的小孩就是『人真好』吧？」轉身時，奧莉芙發覺自己咬緊了牙關。她環顧會場尋找艾蕾塔，可是對方已不見蹤影。

接下來四間飯店房間分別是米色、藍色、又是米色，然後第四間主要是白色，不過每一間的桌子上都擺了一瓶絲布假花。

「這是什麼感覺呢?」主持人問道。奧莉芙的心思頻頻飄回巴黎那個女人,但她竭力揮開這些想法。**繼續前進。**奧莉芙與主持人在塔林會場的舞臺上,熾熱燈光打在兩人身上。

「請問你是指?」真是奇怪的開場。

「寫出這麼受歡迎的暢銷書、身為奧莉芙.李韋林,究竟是什麼感覺呢?」

「喔。其實感覺挺不真實的,我更早以前寫了三本沒沒無聞的書,只賣到了其他月球殖民區而已,而後來……我像是掉進了平行宇宙。」奧莉芙說道。「《馬倫巴》上市後,我不知怎麼掉進了上下顛倒的離奇世界,竟然真的有人讀了我的作品,感覺好不可思議。希望我永遠不會有習慣的一天。」

那晚送奧莉芙去飯店的司機嗓音很美,他一面開車一面唱著古老的爵士小曲。奧莉芙搖下懸浮車的車窗、闔上眼眸,以便完全活在樂聲之中、享受吹拂臉龐的沁涼晚風。在那短短幾分鐘，她感受到了全然的幸福。

「說來奇怪，我在旅行的時候，時間的流逝好像慢了下來。」奧莉芙對著電話另一頭的狄昂說道。她躺在又一間旅館房間的地板上，盯著上方的天花板。躺床鋪應該會舒服一些，不過她近來腰痠背痛，硬地板舒緩了背部的疼痛。「我感覺自己已經出門半年了，結果發現現在還是十一月。」

「已經三個星期了。」

「我就說嘛。」

電話兩端瀰漫著沉默。

「聽我說，」奧莉芙說道，「我雖然為自己所處的特殊情境心存感激，還是很思念我愛的人。」

她感覺氣氛變得柔和一些，狄昂這才開口。「親愛的，我知道。」他柔聲說。「我們也很想妳。」

「我最近想到你那項計畫，」奧莉芙說道，「我在想，大學建築為什麼會需要連到警察總部的地下道呢？然後——」

但狄昂的裝置響了起來。「抱歉，」他說，「我主管打來了。之後再聊？」

「之後再聊。」

她是在橫渡大西洋的空船上推敲到了謎底。

過去數十年來，無論是地球上或殖民地的團隊都在進行時空旅行的研究。若考慮到這點，研究物理學的大學建築地下連到警察總部，還有無數道通往政府大樓的後門，那不就合情合理了嗎？時空旅行不就是最大的保安問題嗎？

她一再搜尋塔林那名司機唱的歌，卻怎麼也找不著，無法回憶起那晚聽到的歌詞。她一再將關鍵字輸入裝置（愛＋雨＋死＋錢＋歌詞＋歌曲），結果什麼也沒查到。

在里昂懸疑小說節，奧莉芙的法國公關經理領著她走進媒體室，只見負責採訪她的主持人忙著為多臺立體投影攝影機輸入指令。「奧莉芙，」這個在某家雜誌社上班的女人說道，「我超愛妳的作品。」

「謝謝妳，聽妳這麼說我好開心。」

「能請妳坐那個位子嗎？」

奧莉芙在椅子上坐下，一名助理將麥克風固定在她的上衣上。

「只要是來參加懸疑小說節的作家，我都會用同樣的方式簡單採訪一下。」主持人說道。「算是給我們觀眾的一點趣味問答。」

「趣味問答？」奧莉芙面露難色。她的法國公關經理對主持人投了個驚愕的眼神。

「那我們開始囉？」

「好喔。」十臺立體攝影機飄在空中，彷彿圍繞奧莉芙的一圈星星，組合出她的立體影像。

「接下來這些問題，」主持人說道，「主題就是懸疑喔！」

「因為這是懸疑小說節吧。」奧莉芙說。

「沒錯。好，那第一題：妳最喜歡的不在場證明是什麼？」

「我最喜歡的……不在場證明？」

「對。」

「我不太……我通常會說已經有約了。不想參加某個活動的話。」

「妳是和男人結婚對吧。」主持人說。「妳最初和現在這位先生見面時，發現自己會愛上他的第一個線索是什麼？」

「這個嗎，」奧莉芙說道，「不知道這樣說會不會很怪，但那可能就是一種熟悉感吧。我記得看到他的第一眼，我就知道他會是我生命中重要的存在，但那算是線索嗎？」

「妳心目中完美的命案是什麼？」

「我記得以前讀過一篇故事，故事中一個男人被冰柱捅死。」奧莉芙說。「凶器就這麼融化了，這應該很完美吧。呃，不好意思，請問妳有任何作品相關的問題嗎？」

「只剩最後一題了。好，最後一題：做愛的時候用不用手銬？」

奧莉芙起身的同時取下夾著上衣的麥克風，小心翼翼放在椅子上。「不予置評。」她說，然後搶在被主持人瞥見淚光前離開房間。

在上海，奧莉芙花了共三個鐘頭談論自己與自己的書，一面談論世界末日，一面努力不去想像女兒所在的世界走到末日。回到飯店時，她發現自己居然無法在走廊上直線行走。她從不飲酒，不過醉酒與疲勞的症狀的確很相似。她關上房門，在門口站了許久，額頭抵著電燈開關上方冰涼的牆面。過了半晌，她聽見自己的聲音不斷重複：**太多了。太多了。太多了。**

「奧莉芙，」一段時間後，房間的AI系統輕聲說道，「妳需要幫助嗎？」奧莉芙沒有回答，於是房間先後用普通話與廣東話重複了問句。

「奧莉芙，說來真巧，我以前幫妳的經紀人顧過小孩耶。」隔天在新加坡簽書時，隊伍中一個女人告訴她。

「妳希望讀者看完《馬倫巴》時，學到什麼寓意？」又一場訪談上，主持人如此問道。

奧莉芙與主持人在東京會場的舞臺上，不過主持人是以立體投影的形式露面，他因某種不明的個人原因而無法離開奈羅比。奧莉芙懷疑這所謂「個人原因」是他患病的意思——立體投影多次卡頓，但聲音卻沒有停頓問題，表示那並非連線不穩所致，而是主持人一再按下操控面板上的「咳嗽」鍵。

「我只是想寫一部有趣的故事而已。」奧莉芙說道。「沒什麼特別的寓意。」

「妳確定嗎？」主持人問道。

「二手書也可以給妳簽名嗎？」排到了隊伍前頭的女人問道。

「當然可以了，我很樂意幫妳簽名。」

「還有，」女人又說，「這個是妳的字跡嗎？」

某個不是奧莉芙的人已經在女人那本《馬倫巴》內頁寫道：「哈羅德：我很享受昨晚的邂逅。XOXOXO，奧莉芙・李韋林。」

奧莉芙盯著那句話，感到一絲暈眩。「不是。」她說。「我不知道那是誰寫的。」

（那之後她分心數日，惦記著某個在世界另一個角落行動、同樣在巡迴簽書的

「奧莉芙」，在奧莉芙的書裡留了不知多少句與她本人個性完全不符的留言。）

到了開普敦，奧莉芙遇見一位已經和他丈夫巡迴一年半的作家，他的書銷量可是《馬倫巴》的好幾倍。

「我們想看看能在外旅行多久，到什麼時候才會覺得非要回家不可。」作家說道。他名叫易卜，名字的完整版是易卜拉欣，丈夫則名為傑克。傍晚時分，他們三人同坐在飯店頂樓露臺，周遭還有其他前來參加文學節的作家。

「你們是不想回家嗎？」奧莉芙問道。「還是單純喜歡旅遊？」

「都是。」傑克回道。「我喜歡出門在外的感覺。」

「而且我們的公寓太平庸了。」易卜說道，「但我們還沒決定要怎麼辦。該搬家呢？還是重新裝修？目前還沒有定案。」

露臺上擺了許多巨型盆栽，栽植數十棵樹，枝枒間纏了閃閃發亮的小燈泡。某處傳來樂音，是弦樂四重奏。奧莉芙身穿華麗的及踝禮服，這件銀色裙裝是巡迴活動專用的。**這也是璀璨的一瞬間**，奧莉芙心想，然後小心翼翼地將此時此刻存入腦海，以便日後從中汲取能量。微風捎來茉莉花香。

「我今天聽到了好消息。」傑克說。

「說來聽聽。」易卜說。「我從一早就困在文學節活動裡，沒收到任何新聞。」

「他們開始做邊遠殖民地的初步建設了。」傑克說道。

奧莉芙微微一笑，張口欲言，卻一時間說不出話來。早在她祖父母輩還是孩子時，邊遠殖民地的規劃行動便開始了。她覺得自己將永遠記得這一刻、這場派對、這些她非常喜歡但或許再也沒機會遇上的人。到時她就能和希薇分享自己聽到消息時身在何處了。上一回心生震懾，不知是什麼時候的事了？已經好一段時間了吧。奧莉芙心中盈滿了喜悅，她舉起杯子。

「敬南門二。」她說。

在布宜諾斯艾利斯，奧莉芙遇到一個想讓她看刺青的女人。「希望妳不會把我當怪人。」女人一面說一面捲起衣袖，露出左肩一句優美的花體字，那是書中一句話：

我們早知將來。

奧莉芙呼吸一滯。這不但是《馬倫巴》書中的一句話，還是《馬倫巴》之中出現的刺青。在故事後半，她筆下的角色嘉柏瑞—賈各就在左手臂刺了這句話。當你寫的書中出現虛構的刺青，結果刺青在現實世界被實現——那之後，感覺任何事情都可能成真了。奧莉芙之前看過五個類似的刺青，但眼前的文字依然奇妙，她竟然眼睜睜看著虛構故事滲入現實世界、在別人肌膚上留下印記。

「太不可思議了。」奧莉芙輕聲說道。「在現實世界看到這個刺青，真的好不可思議。」

「我整本書最喜歡的就是這一句。」女人說。「而且好多事情都是這樣，對不對？」

然而反觀過去，一切不都再顯而易見不過嗎？平原上的深藍暮光，低空飛行的空船航向達科塔共和國。奧莉芙凝望窗外，試圖從美景中獲得安寧。她收到了新的邀約，是泰坦的某個小說節。她上一次去泰坦已經是小時候的事了，只隱隱記得海洋館的人潮和意外地沒什麼味道的爆米花，以及晝間天空溫暖的黃光——那是所謂的現實主義殖民地，當地移民者決定裝設透明穹頂，以便生活在泰坦大氣層真正的色彩之下。除此之外，當地的時尚潮流也很奇特，青少年都在臉上化了映像點般的妝，大格大格的色塊據稱能使臉部辨識軟體無效化，但也有使他們看上去像瘋狂小丑的副作用。她該去泰坦嗎？**我想回家。希薇此刻在哪裡呢？但是妳別忘了，這比朝九晚五上班輕鬆多了。**

「我記得之前在哪裡讀到這個冷知識，」主持人說道，「說妳第一部作品的書名，其實源自妳的最後一份正職。」

「是的，」奧莉芙說，「那是我某天上班看到的一句話。」

「妳第一部小說的書名是《悠游的星辰與舞金》，可以幫我們介紹一下這個書名嗎？」

「沒問題。我當時做的是ＡＩ訓練工作，簡單而言就是糾正翻譯機生成的拗口字句。我記得自己從早到晚坐在一間窄小的辦公室——」

「這是在二號殖民地嗎？」

「是的，在二號殖民地。我的工作就是整天坐在那裡，改正不順口的語句，但其中一句讓我瞬間僵住了，因為它雖然寫得很拗口也翻得不正確，我卻非常喜歡它。」這個故事奧莉芙已經重複過無數次，彷彿在唸舞臺劇的臺詞。「它是在描述許願燭與燭臺上的短詩，不知為什麼翻成了『**七個詩段動機**』，而蠟燭的描述則是『**悠游的星辰與舞金**』。那兩句話有種莫名奇妙的美感，我不知道為什麼，看了就全身一僵。」

全身一僵。兩天後，她和另一位作家在洛杉磯城邦小說節的座談會接受訪談時，這才意識到了那句話的言下之意。有什麼東西能令你全身僵硬呢？當然是死亡了。奧莉芙居然從未想過這點。洛杉磯上空罩著穹頂，不過窗外透進來的光線仍然炫目，因此她看不見臺下觀眾，這也正合她意。那許多張盯著她的臉。不對，是盯著「她們」——另一位作家名叫潔西卡．瑪利，奧莉芙雖不怎麼喜歡潔西卡，還是很慶幸有人和她同臺。潔西卡似乎遇到什麼事情都能受冒犯，她就是那種成天等著被人冒犯的人。

「又不是每個人都有文學博士學位啊，吉姆。」潔西卡不知又遭受什麼刺激，對主持人說了這麼一句。主持人的表情完全反映了奧莉芙此時的心思：**哇，反應好大**。

但這時觀眾席有個男人起身發問，是關於《馬倫巴》的問題。幾乎所有問題都和《馬倫巴》相關，這其實很尷尬，因為潔西卡也在臺上等著觀眾發問，她的書是關於自己在月球殖民地的成長經歷。奧莉芙努力裝作沒讀過《月／昇》，因為她讀了之後對那本書嫌惡至極。奧莉芙是貨真價實的月球孩子，月球生活根本就沒有潔西卡寫的那般詩意。在月球殖民地成長的經驗很普通，稱不上完美但也絕非反烏托邦，她從小住在綠意盎然的可愛社區裡一棟小房子，就讀不錯但算不上優異的公立學校，平時氣溫穩定維持在攝氏十五到二十二度之間，穹頂照光都經過精密調控，降雨也都按時發生。她並沒有從小「渴望地球」或體驗到「持續的錯位感」，謝謝。

「我想問奧莉芙關於《馬倫巴》故事裡，先知死去的那個橋段。」那名男性觀眾說道。潔西卡嘆息一聲，坐姿多了幾分頹喪。「那一段其實可以寫得更戲劇化的，可是妳決定把它寫得相對平淡，沒有塑造成故事的高潮。」

「是嗎？我都把它看成高潮呢。」奧莉芙儘量不慍不火地說道。

男人微微一笑，讓著她。「可是那一段明明可以寫得很壯闊，妳卻特意把事情寫得很低調，幾乎是無足輕重。這是為什麼？」

潔西卡直起身，期待接下來的脣槍舌戰。

「這個嗎。」奧莉芙說。「也許每個人對於壯闊的想像都很不一樣吧。」

「妳這人真的是打太極專家耶。」潔西卡嘀咕道，目光聚焦在別處。「簡直是太極忍者。」

「謝謝。」儘管知道那不是讚美，奧莉芙仍出聲道謝。

「那我們接著問下一個問題。」主持人說道。

「我常常想到一句俚語。」在哥本哈根小說節另一場座談會上，一位詩人說道。「『入夜後，雞總會回窩裡的。』這句話很有趣，我們平常都用來表示一個人惡有惡報，不會說『你這個人很善良，現在你的雞都回窩裡來了』。回窩裡的都不是好雞，必然是壞雞。」

零零散散的笑聲與掌聲。觀眾席一名男子連連咳嗽，他一臉歉意地矮身離場。奧莉芙在活動時刻表空白處寫下「沒有好雞」四個字。

《馬倫巴》裡頭先知之死會不會寫得太平淡？也是有可能。奧莉芙獨自坐在哥本哈根節慶會場附近的飯店酒吧，一面喝茶，一面吃加了太多起司的熱醬沙拉。一方面而言先知之死的確很戲劇化，他可是被一槍射中了頭部，但也許她該加入某種打鬥劇情，也許他真的死得太雲淡風輕了，短短一個段落就從健康無虞的大活人變為死屍，少了他的故事也依舊進行了下去——

「還想加點什麼嗎？」酒保問道。

「可以讓我買單嗎？」奧莉芙說。

——但另一方面而言，現實不就是如此嗎？我們大多數人不都會以相對平淡的方式死去嗎？世上多數人都不會注意到我們的死亡，對我們來說驚天動地的事件，不過是其他人故事中一個橋段而已。可是反過來說，《馬倫巴》當然是虛構故事，所以不能從現實的角度討論劇情，這麼說來也許先知之死當真是故事中的瑕疵。此時奧莉芙握著原子筆，看著面前的帳單，卻遇上了麻煩：她忘記自己的房號了。她只得到前檯詢問櫃檯人員。

「別擔心，這是常有的事。」前檯櫃員說道。

隔天上午在空船航廈，她和一名商務旅客坐在相鄰的兩個坐位，對方興致勃勃地對她介紹自己的工作，那份工作似乎和檢驗偽造鋼鐵有關。奧莉芙傾聽許久，任自己因那名乘客的獨白而分心，不再掛記著對希薇的思念。「那妳是做什麼的啊？」對方終於問道。

「我是作家。」奧莉芙回答。

「寫童書的嗎？」他問。

奧莉芙繞一大圈回到大西洋共和國，再次和她在這個國家的公關經理見面時，有種和老友久別重逢的感動。艾蕾塔和奧莉芙一同出席澤西市一場書商晚餐會，兩人就坐在隔壁。

「從我們上次碰面到現在，妳過得還好嗎？」艾蕾塔問道。

「還好，」奧莉芙說，「都很順利。我沒什麼好抱怨的。」然後，因為她累了、因為她現在和艾蕾塔稍微熟一些了，奧莉芙難得違反自己訂下的規則，道出心中的真實想法：「只是覺得遇到太多人了。」

艾蕾塔微微一笑。「公關人員理論上不該感到害羞，」她說道，「不過有時候參加這種餐會，我還是會覺得壓力有點大。」

「我也是。」奧莉芙說。「我的臉好累。」

那晚的飯店房間藍白相間。當她和丈夫女兒分隔兩地時，每一間飯店房間都顯得空空如也。

這趟巡迴之旅最後一場訪談安排在隔天下午，奧莉芙來到費城一家飯店雅致的會議室，和一名身穿深色西裝的男子見面。對方和她年歲相仿，也可能稍微年輕幾歲。這間會議室位於高樓層，其中一面牆全是玻璃窗，整座城市在下方鋪展開來。

「這邊請。」艾蕾塔輕快地說。「奧莉芙，這位是《偶然雜誌》的嘉柏瑞・勞勃茲。我得去打個電話，兩位先聊。」她退出了會議室。奧莉芙與採訪者在綠色天鵝絨布椅上坐下。

「謝謝妳接受採訪。」男人說道。

「你願意採訪我，我也很開心。我能問你關於名字的問題嗎？我好像是第一次遇到名叫嘉柏瑞的人。」

「我跟妳說一件怪事。」他說。「我的名字其實是嘉柏瑞—賈各。」

「真的嗎？我當初在寫《馬倫巴》的這個角色，還以為自己想出了獨一無二的名字。」

他笑了。「我母親在妳的書裡看到這個名字時也大吃一驚，她和妳一樣，以為自己創了獨一無二的名字。」

「那可能是我從前在什麼地方看過你的名字，卻只留了個印象在潛意識裡吧。」

「天底下沒有不可能的事，我們有時候也很難確定自己知道什麼、不知道什麼呢，是不是？」奧莉芙喜歡他溫和的語調，他說話時還隱隱帶有口音，但奧莉芙聽不出他是哪裡人。「妳是不是從一大早就受訪到現在？」

「上半天都在被各種人採訪，你已經是第五個了。」

「啊呀。那我儘量長話短說，別拖到妳的時間。可以的話，我想問關於《馬倫巴》故事中某一個事件的問題。」

「好的，請說。」

「我是指太空港的那一幕。」男人說道。「故事中，威利斯聽見小提琴聲，然後就……突然被傳送到了別處。」

「那一段的確很怪。」奧莉芙說。「常有人向我問起這件事。」

「我想問妳的是……」嘉柏瑞遲疑片刻。「這可能有點——我沒有要打探私事的意思，不過這會不會摻有——我想問的是，故事中這個段落，是不是改編自妳的個人經驗？」

「我對虛構自傳沒什麼興趣。」奧莉芙說道，卻無法鎮定地對上他的視線。每當她低頭注視自己交握的雙手，總是能穩定心神，但她不確定這是雙手的效果，還是身上這件襯衫純潔無瑕的白色袖口的效果。衣衫就如鎧甲，令人心安。

「那個，」嘉柏瑞說道，「很抱歉讓妳不自在了，我沒有要刁難妳的意思。我只是很好奇，妳是不是在奧克拉荷馬市空船航廈有過什麼奇特的經歷？」

在沉默之中，奧莉芙聽見了建築輕柔的嗡嗡聲，空調與水管的聲響。若不是巡迴行程即將結束，若不是她精疲力竭，也許她不會對嘉柏瑞承認此事的。

「我不介意討論這件事，」她說道，「不過我擔心這部分如果寫進訪談紀錄，我會顯得太奇怪，像是刻意標新立異一樣。我接下來說的話，能麻煩你不要說出去嗎？」

「沒問題。」他說。

四、壞雞／二四〇一年

一

即使是恆星之火也終將湮滅。你可以言之鑿鑿地說「世界末日來了」，但當你若無其事地說出這種話時，可能沒意識到一件事：在未來某一天，世界末日真的會來臨。我說的不是「文明」這東西的末日，而是星球本身的終末。

話雖這麼說，那些小末日當然也有毀天滅地的效果。在我進時空研究院受訓的一年前，曾到我朋友伊樊家參加晚宴，他那時候剛從地球度假回來，和我分享了帶當時四歲的女兒——美瑩——去墓園散步的故事。伊樊是樹木醫師，沒事喜歡去老墓園看看園裡的樹木，不過在那片墓園裡，他們找到了另一個四歲女孩的墓。伊樊告訴我，那之後他也不想再看什麼樹了，滿腦子只想離開。他很習慣在墓園散步，還會特地去找那種地方，也總是說自己不覺得那些地方讓人憂鬱，反倒覺得很平靜。可是，那個四歲女孩的墓不知為什麼觸動了他，他看著墓碑就感到無比悲傷。況且那天還是最糟糕的那種地球夏日，溼悶得要命，他甚至感覺呼吸困難了。蟬鳴聲造成了沉重的壓迫感，他整個人汗流浹背。他對女兒說該走了，但女兒還想在墓碑前停留片刻。「如果她爸爸媽媽愛她，」美瑩說道，「他們的感覺一定跟世界末日一樣。」

伊樊告訴我，美瑩的觀察與言論敏銳到了詭異的地步，以致他當下只能愣然盯著女兒，愣愣地想：妳是從哪來的？他們好不容易才離開墓園——「她每看到一朵該死的花或是該死的松果，都想要停下來仔細觀察一番。」他說——後來就再也沒回去了。

這些停滯在時空洪流中的孩子、這些令人粉身碎骨的傷痛，都是我們日常生活中的末日，不過地球走到結局時，發生的會是貨真價實的毀滅，這就是為什麼人類要在外太空建立殖民地。月球上第一個殖民地是人們設計的原型，他們想先在月球練習一次，好在未來幾個世紀將人類生活圈擴展到其他太陽系。「因為我們不得不這麼做。」在宣布一號殖民地建設開始的記者會上，中國總統說道。「到了未來某一天，不論我們願不願意，我們都得移民外星球，否則就只能在幾百萬年後，眼睜睜看著全人類的歷史和成就消失在超新星爆炸之中。」

三百年過後的某一天，我在姊姊卓伊的辦公室看了那場記者會的錄影，看著站在講桌後方的總統、站在她左右與身後的官員、臺下黑鴉鴉的記者們。其中一名記者舉手發問：「所以未來確定會有超新星生成嗎？」

「當然不確定了。」總統說道。「任何事件都可能導致末日，可能會突然有另一顆行星撞過來，可能會有小行星雨來襲，任何事情都可能發生。重點是，我們住在繞著恆星公轉的星球上，而每一顆恆星都會有殞落的一天。」

「但如果恆星殞落，」我對卓伊說，「繞地球公轉的月球當然也會跟著死去啊。」

「那是當然，」她說道，「可是嘉柏瑞你別忘了，我們就只是設計原型而已，這是驗證概念用的殖民地，而早在一百八十年前就有人遷徙到邊遠殖民地了。」

二

第一座月球殖民地建設在寧靜海寂寥的平原地，不遠處就是數百年前阿波羅十一號太空人登陸月球的位址。他們的旗子至今仍插在那裡，你可以從一號殖民地遙遙望見它，它彷彿無風地表一尊脆弱的小雕像。

當時眾人一聽到有機會移民月球都蠢蠢欲動，那個年代的地球已經擁擠不堪，大片大片的土地因為氾濫或高溫而不再適宜人居。月球殖民地的建築師團隊規劃了大量住宅空間，很快就銷售一空。一號殖民地空間用盡時，開發商成功爭取到了興建二號殖民地的機會，問題是二號殖民地建得太過草率，短短一世紀過後主穹頂的照明系統就故障了。照明系統本該模擬地球的天空——人們抬頭看見藍天總會感到心情愉悅，仰望虛空則不然——系統故障後不再顯示虛假的大氣層，不再有變動的像素模擬雲朵，不再有精細調控的日出與日落景色，藍天也不復存在。這並不是沒有光線的意思，但那絕對和地球上的陽光天差地遠：在明亮的日子，殖民地居民抬頭就能望見太空，全然黑暗與明亮日光令部分居民頭昏眼花，不過這到底是出於生理還是心理因素仍有不少爭議。更棘手的是，穹頂照明一故障，一天二十四小時的幻覺頓時消失無蹤，這下人們可以清楚看見太陽迅速上升、花兩週時間越過上空，那之後則是連續兩週的黑夜。

在一番討論過後人們得到了結論：修復穹頂的費用太高了。居民開始採用適應性措施，在臥房窗戶裝上百葉窗，以便在豔陽高照的夜裡入睡，而在缺乏陽光的日子路燈會調得亮一些。儘管如此，當地房價還是急遽下跌，有點積蓄的人大多搬到了一號殖民地或不久前完工的三號殖民地。越來越少人用「二號殖民地」稱呼這地方了，人人都稱它為夜城，它是上空永遠一片漆黑的都市。

我就是在夜城長大的。小時候走路上學時，我總會經過奧莉芙·李韋林幼年的故居——她是兩百年前的作家，那時人類才剛移民月球不久，她就曾走在這同樣幾條街道上。她從前的家位在一條兩旁種了行道樹的街上，是間小房子，看得出從前應該是棟漂亮的房屋。不過從奧莉芙·李韋林生存的年代至今，這個社區已經不復以往的溫馨可愛了，那棟屋子現在破敗不堪，半數窗戶都封住了，外牆上到處都是塗鴉，但門邊的牌子依舊立在那裡。我原本沒怎麼注意過那棟房子，直到聽母親說我的名字來自李韋林最著名的作品《馬倫巴》，她是用書裡一個小配角的名字幫我取名的。我沒看過那本書——我不愛看書——不過我姊姊卓伊讀過《馬倫巴》，她說書中的嘉柏瑞——賈各和我沒有任何共同點。

我決定不去問她這句話的意思。當時的我十一歲，表示她大概十三、四歲，已經是個嚴肅上進的小大人了，只要是她下定決心去做的事情必然能成功，而且總是成績優異。至於我呢，十一歲時我已經隱隱猜到自己可能不會是最理想的人了，要是她告訴我另一位嘉柏瑞—賈各是個英俊非凡、整體上都很優秀的人，非常專注於學業且從不順手牽羊，那我應該會很難過吧。儘管如此，我對奧莉芙．李韋林的童年故居還是改觀了，我開始對那棟屋子產生一種暗暗的尊崇，感受到了自己和它的連結。

那段時期屋子裡住了一戶人家，是一個男孩、一個女孩和他們的父母，一家四口都膚色蒼白、神色慘淡，不知為什麼總能給人一種不懷好意的印象。他們姓安德森，全家人都有種好景不常的氛圍。安德森夫婦平常花不少時間在門廊低聲爭吵或遙望虛空，男孩向來神情陰鬱，在學校經常和同學打架，女孩子和我差不多歲數，喜歡和立體投影在前院玩耍。那是個老式鏡像投影玩具，有時會和她一塊跳舞——她在院子裡旋轉、跳躍，立體投影的自己同樣旋轉、跳躍，我僅此一次看見她在家附近露出笑容。

我十二歲時，安德森家的女孩和我同班，我得知她的名字：泰莉雅。泰莉雅．安德森究竟是誰呢？她喜歡畫畫，有時會在操場上後空翻，在校時看起來比在家裡開心多了。

「我知道你是誰。」有天在食堂排隊領午餐時，她突然開口說話了。「你常常路過我家。」

「它在路上啊。」我說。

「去哪裡的路上？」

「去哪裡都一樣。我住在死胡同最裡面。」

「我知道。」她說。

「妳怎麼知道我住哪裡？」

「我也常常經過你家。」她說。「我去圓周路的路上，都會切過你鄰居的草皮。」

我們家草坪盡頭是一堵樹叢枝葉的屏風，從樹叢鑽出去就會來到圓周路，順著這條路走，你就能繞夜城穹頂內緣走一圈。過了條馬路，你會來到一片頂多五十英尺深的古怪、荒蕪地帶，那是阻隔在馬路和穹頂之間的條狀荒野，滿是矮樹叢、灰塵、雜草、垃圾。那是被遺忘的所在。母親不贊成我們去那裡玩耍，所以卓伊從不到圓周路對面探險——她從小就很聽話，我每次看她這副模樣都滿心煩躁——但我喜歡那地方的荒野，它彷彿被世人遺忘的國度，存在一種隱隱約約的危險。那天放學後，我數週以來第一次過了空空蕩蕩的馬路，在那裡站了一會，雙手貼著穹頂，注視著外頭的世界。那層複合玻璃厚到讓另一側的一切都像是夢中場景，有種朦朧的距離感，不過我還是看見了地表一個個坑洞、隕石、一片灰白。在肉眼可見的中遠處，我看見一號殖民地不透明的穹頂散發光輝。我的心思不由得飄到了泰莉雅．安德森身上，不知道她凝望月球地表時心裡都想些什麼？

那學年才過一半，泰莉雅．安德森就轉學、搬出這個社區了。下一次遇見她時，我已經三十多歲，那時我們兩人都在一號殖民地的豪月飯店上班。

我是在母親去世約一個月後開始在飯店工作的。她已經病了很久，好幾年了，到最後我和卓伊幾乎吃住都離不開醫院。最後那一週，我們像輪番守夜的疲勞將士，日日夜夜守在母親身旁，陪伴時而喃喃細語、時而沉眠的她。她當時離死亡不遠，一直都不遠，卻撐得比醫師們預期的久。母親從我們很小的時候就在郵局上班，但到了臨終那幾個鐘頭，她以為自己又回到了物理學實驗室做博士後研究，神智不清地呢喃些關於公式與模擬假說的話。

「妳知道她在說什麼嗎？」一段時間過後，我出聲問卓伊。

「大部分都聽得懂。」卓伊說。那幾個鐘頭，卓伊一直閉著眼睛坐在床邊，聽音樂似地聽著母親的絮語。

「可以解釋給我聽嗎？」我感覺自己站在祕密俱樂部窗外，整張臉貼著玻璃想看個清楚。

「模擬假說嗎？可以啊。」她沒有睜眼。「你想想看，光是在過去這幾年立體投影和虛擬實境技術就有了大幅進步，假如我們現在就能模擬出還算逼真的世界，那你能想像一兩個世紀後的模擬技術嗎？模擬假說的概念是，我們沒辦法排除『現實是被模擬出來的』這件事的可能性。」

我已經兩天沒睡了，感覺自己漂浮在夢中。「好喔，可是如果我們生活在電腦裡，」我說，「這又是誰的電腦？」

「誰知道呢？可能是數百年後的未來人，也可能是異界的智慧。這個理論不算主流，但時空研究院不時會有人提起它。」她睜開了眼睛。「糟糕，剛剛那句話你就當沒聽見。我累了，不該亂說的。」

「我要當作沒聽見什麼？」

「時空研究院的部分。」

「好喔。」我說。她又閉上了眼睛，我也跟著闔眼。母親不再喃喃自語了，現在只剩下她破碎的呼吸聲，每一次吸氣與吐氣之間都拖得太長太長。

結局最終到來時，我和卓伊都睡著了。她在清晨疲倦的灰光中叫醒我，我們默默在床邊、在母親毫無動靜的形體前坐了很久，靜靜追念她。我們處理了後事，相擁道別，就這麼分道揚鑣。我回到自己窄小的公寓，接下來那幾天除了對我的貓說話之外一直默然不語。之後是喪禮，然後又是一段時間的靜止。我需要找新工作——我已經好一陣子沒工作了，那些日子一直坐吃山空——於是在喪禮過後一個月，我來到了飯店地下室的人資辦公室，面對一個感覺莫名熟悉的金髮女人，接下了名義上是「飯店偵探」、實際上根本看不出工作內容的職位。

「老實說，」我對她說，「我不是很確定飯店偵探到底是做什麼的。」

「就只是飯店保全人員而已。」她說。我發現自己忘了她的名字，是娜塔莉嗎？

還是娜塔莎？「這個職稱不是我想出來的。你不必做什麼偵探工作，只要當警衛就行了。」

「我想跟妳開誠布公說話。」我說。「其實我在畢業前幾個月輟學了，沒能拿到司法學位。」

「嘉柏瑞，我可以跟你說句老實話嗎？」她真的有種難以捉摸的熟悉感。

「請說。」

「你的工作單純是留心身邊發生的事，注意到可疑事物的時候報警。就這樣。」

「那我辦得到。」

「你聽起來不是很有自信。」她說。

「我不是沒自信，應該說，我相信自己做得來，只是我——這種工作不是誰都做得來嗎？」

「我說了你可能不信，但要找到觀察入微的人並不簡單。」她說。「很多人都有容易分心的問題。還記得你第一次面試的考試嗎？」

「記得。」

「那是評量注意力用的測驗，你的得分很高。我問你，你認同自己的測驗分數嗎？你能專心注意周圍人事物嗎？」

「能。」我說。在這麼說的同時，我心裡有點高興，因為我從沒有這樣想過自己。現在回想起來，我似乎從小就一直仔細注意周遭世界，雖然做很多事情都不怎麼成功，但我一向擅長觀察。我就是憑著這份觀察力，注意到前妻愛上了別人，那時也沒什麼明顯的線索，就只有微乎其微的變化——但人資又開始說話了，我將自己從過去拉回到現在。

「等等。」我說。「我認得妳。」

「你是指今天面試前見過我嗎？」

「泰莉雅。」我說。

她臉部神情變了，一張面具掉了下來。再次開口時，她的聲音和剛才不太一樣，少了對這世界的笑意。「現在大家都叫我娜泰莉雅了，但你說得沒錯。」她沉默片刻，注視著我。「我們以前同班吧？」

「我是住在死胡同最裡頭的那個。」我說。從面試開始到現在，她第一次對我露出真誠的笑容。

「我以前常在圓周路邊站著，一站就是好幾個小時，」她說，「就在那邊看著玻璃外的世界。」

「妳後來還有回去嗎？回夜城？」

「再也沒有了。」她說。

三

再也沒回夜城了。這句話有種悅耳的節奏感，於是在我腦子裡住了下來。剛開始上班那幾週，我經常想起這句話，因為這份工作真的無聊透頂。豪月飯店走的是復古風，所以我上班都穿古式剪裁的西裝，還戴了形狀怪異、名叫「軟呢帽」的帽子。我平時在走廊上巡邏，在大廳站崗，照指示注意身邊所有人與所有事物。我從以前就很喜歡觀察別人，沒想到進出飯店的人竟然都這麼無趣。他們不是入住就是退房，有的在奇怪時間出現在大廳、問我有沒有咖啡，有的醉了酒、有的還清醒著，有的是商務人士、有的帶著全家出門旅遊，大多數人都明顯經歷過舟車勞頓，還有些人試圖把他們的狗偷渡進來。剛開始上班那六個月，我只報警過一次，那次我聽見某個房間傳出女人的尖叫聲——但實際上打電話的人也不是我，我不過是打給了夜班經理，由他替我報警。女人被急救人員抬出去時，我根本就不在場。

這份工作沒什麼大風大浪。我的心思飄得很遠。*再也沒回夜城了*。泰莉雅在那裡不知過的是什麼樣的生活？就算是笨蛋也看得出，她在夜城過得不是很好。有些家庭就是過得比較好，那當然也有些家庭過得不好了。他們家搬出奧莉芙・李韋林故居後，有另一家人住了進去，但我發現自己對那戶人家沒什麼記憶，只有整體荒廢的印象。我在飯店只偶爾看到泰莉雅幾眼，通常是她下班路上經過大廳之時。

那段時期，我住在一號殖民地邊緣地帶一間平凡無奇的小公寓裡，同一塊街區都是這種平凡無奇的小公寓。那個位置離圓周很近，穹頂幾乎碰到了公寓群的頂樓。在黑夜裡，我偶爾喜歡過馬路去到圓周路上，隔著複合玻璃望向遠方燈光閃爍的二號殖民地。那段時期，我的生活和公寓同樣平凡無奇，同樣限制在狹小的空間裡。我儘量不花太多心思去想著母親，平常都在白天睡覺，到了接近傍晚時總是會被我的貓吵醒。在日落時，我會吃一頓稱得上晚餐也算得上早餐的飯，穿上制服，然後去飯店花七個鐘頭盯著別人看。

我在飯店工作大概六個月後，姊姊的三十七歲生日到了。卓伊是在大學工作的物理學家，專長好像是量子區塊鏈科技之類的，雖然她努力為我解說了幾次，我還是有聽沒有懂。我打過去想祝她生日快樂，在她接起電話前一秒才發現我還沒恭喜她得到終身職。那是什麼時候發生的事了？上個月嗎？我感受到一股熟悉的愧疚。

「生日快樂。」我說。「還有恭喜妳。」

「謝謝你，嘉柏瑞。」她從不埋怨我丟三落四，我也不是很確定這為什麼讓我更慚愧了。當你知道家人和你相處需要特別慷慨大方時，心中必然會產生一種特殊的輕微傷痛。

「妳現在是什麼感覺啊？」

「你說三十七歲的感覺嗎？」她聽起來很疲憊。

「不是，我是說拿到終身職的感覺。妳會覺得跟以前不一樣嗎？」

「感覺很穩定。」她說。

「那妳打算怎麼過生日?」

她靜了半晌。「嘉柏瑞,」她說,「你今晚有沒有可能來我辦公室一趟?」

「當然可以啊。」我說。「當然可以。」

她上次邀我去辦公室是什麼時候?只有好幾年前那一次,她剛開始在那邊上班的時候。大學離我的公寓不遠,卻是一個全然不同的宇宙。我上次看到姊姊本人,又是什麼時候的事了?我發現,似乎已經好幾個月沒見到她了。

我請了病假,然後躺在沙發上享受突如其來的自由。我的貓——馬文——爬到我胸口,舒舒服服地伸展四肢後打著呼嚕睡著了,沉沉壓著我胸膛。夜晚在我面前鋪展開來,這麼多空閒時間,這麼多閃亮耀眼的可能性。我移開馬文,沖了澡之後換上體面的衣服,路過麵包店買了四個杯子蛋糕——紅絲絨,希望卓伊還像以前一樣愛吃這個口味。下午七點,太陽在穹頂另一邊西下,繽紛的橘色與粉色在上空渲染開來。我已經在一號殖民地住了一年,到現在穹頂照明還是顯得像戲劇效果。送杯子蛋糕就夠了嗎?我是不是該買花給她?我買了一束低調的黃花,七點整就來到時空研究院大門口。我摘下墨鏡做虹膜掃描，六次掃描過後，我彆扭地拿著墨鏡走進辦公室，看見卓伊在裡頭來回踱步，怎麼看都不像在慶生的樣子。她心不在焉地接過花束，從她把鮮花放到桌上的動作看來，在花離手時她已經把它們忘得一乾二淨了。不知道她是不是剛失戀？卓伊的感情生活向來是禁忌話題。

「謝天謝地。」我遞出一個杯子蛋糕時，她對我說。「我完全忘了要吃晚餐。」

「妳好像很焦慮。」

「可以給你看一個東西嗎？」

「好啊。」

她碰了下隱藏在辦公室牆面的觸控面板，房裡一半的空間立刻被投影填滿了。那是個站在臺上的男人，身邊有好幾臺很占空間的古董機器，都是些我看不出用途的儀器。他上方有一面老式投影幕，白色長方形銀幕飄浮在微光之中。這感覺是非常古老的影像。

「這是我朋友傳給我的。」卓伊說。「她在藝術史系工作。」

「他是誰啊？那個投影的男人？」

「保羅・詹姆斯・史密斯，二十一世紀作曲家與攝影藝術家。」

她按下播放，房裡瞬間充斥著三百年前的音樂。那是某種類型不明的曲子，可能算環境音樂吧，我對音樂懂得不多，只覺得這人的樂曲有點煩躁。

「好，」她說，「你注意他上方的白色銀幕。」

「我要注意什麼？銀幕上沒東西啊。」

「你看就是了。」

銀幕亮了起來，那是一段在地球某座森林裡錄的影片，畫面搖搖晃晃的有點不穩。拍攝者走在林中小徑，朝一棵長滿葉子的大樹走去，那是地球上才有的物種，我們月球殖民地沒有這種樹木。音樂中止了，男人抬頭看著上面的銀幕。銀幕突然變黑，接著是一些混亂、奇異的雜音——小提琴樂音、模糊不清的人群聲、空船起飛的流體呼嘯聲——然後混亂結束了，森林再次出現在銀幕上，畫面突然天旋地轉一陣，拍攝者彷彿一時間忘了自己手裡拿著攝影機。森林畫面淡去，但音樂持續了下去。

「仔細聽。」卓伊說。「聽聽音樂的變化。你有沒有發現，影片裡的小提琴音出現在史密斯的曲子裡了？那同樣的五個音，是不是成了樂曲的新主題？」

我原本還一頭霧水，被她一說突然也聽出來了。「對耶。這很重要嗎？」

「這就表示……剛才那個怪現象，那段影片中的錯誤，其實是表演的一部分，而不是技術性問題。」她停止放映，臉上浮現我讀不懂的煩惱。「後面還有一段，」她說，「不過表演剩下的部分沒什麼特別的。」

「妳叫我過來，就是要讓我看這個。」我跟她確認。

「我需要和信得過的人討論這件事。」她拿起她的裝置，我聽見自己的裝置「叮」一聲，收到她傳來的檔案。

她傳了一本書給我：奧莉芙．李韋林的《馬倫巴》。

「媽最愛的小說。」我說。我想起母親傍晚在門廊上看書的身影。

「你看過嗎，嘉柏瑞？」

「我從以前就不怎麼愛看書。」

「你直接從我標記的段落開始讀，看看有沒有注意到異常。」

直接跳到沒看過的書中間某一段，我一時間摸不著頭腦。我從標記之前的幾個段落讀起：

我們早知將來。

我們早知將來，也做了相應的準備——至少，在事後那數十年，我們是如此對孩子、對自己說的。

我們早知將來，卻不怎麼相信，於是以低調而不招搖的方式未雨綢繆——「我們怎麼整個櫥櫃都是魚罐頭？」威利斯問丈夫，丈夫只含糊說是以防萬一——因為那是一種古老的恐懼，過分不理性而令人羞於啟齒：倘若道出恐懼之物的名諱，你是否會招來那東西的注意？雖然不願承認，但在最初那數週我們在論及恐懼時只肯含糊其詞，因為一旦道出「疫情」二字，也許便會將疫病引到身邊。

我們早知將來，卻故作泰然，以若無其事的態度揮開內心恐懼。在溫哥華爆出多人罹病的消息那天，也就是英國首相宣布倫敦疫情完全控制下來的三天後，威利斯與多弗照常去上班，以撒與山姆兩個兒子照常去上學，一家四人在他們最愛的餐廳共進晚餐，餐廳當晚人滿為患。（日後回想起來，就如同恐怖片場景：隱形病原體形成的一朵朵雲飄在空中，飄在餐桌與餐桌之間，在服務生經過時形成亂流。）「如果已經傳到溫哥華，那也絕對傳到這裡來了。」多弗對威利斯說道。威利斯則說：「我敢打賭，已經傳過來了。」說完，他為多弗添了些水。

「什麼東西傳到溫哥華了？」以撒問道。他才九歲。

「沒什麼。」夫夫異口同聲回答，話語出口時絲毫沒有歉疚感，因為這感覺不像是謊言。流行病並不似逐步逼近的戰爭，你不會天天聽見遠方炮聲越來越響亮，不會遙遙望見天邊的炸彈火光。基本上，疫情只會在「反觀過去」時到來，實在難以捉摸。你本以為疫情只在遠處，回神時發現自己已被團團包圍，卻未曾經歷過中間狀態。

社區劇院關閉後，多弗在臥房鏡子前練臺詞：「這就是預言的末日嗎？」

我們早知將來，表現卻前後不符。我們儲備了物資——以防萬一——卻仍然送孩子去上學，因為孩子們在家時你怎麼可能專心工作？

（我們當時仍以完成工作為重。日後回想起來，最驚人的部分是，我們所有人居然都大大錯看了事情重點。）

「天啊，」學校關門數日前、開始出現傳染病相關報導後，威利斯說道，「這也太復古了吧。」

「真的。」多弗說道。他們兩人都四十多歲，記得當年的伊波拉X，不過那六十四週封城如今已被淡忘，化為童年回憶中迷霧籠罩的區塊。那段時期既不糟糕也不歡樂，只有月復一月的卡通與幻想出來的童年朋友。你也不能說自己平白失去了一年時光，因為那一年之中也有過片段美好，兩人的家長在教養孩子這方面都足夠能幹，為他們屏蔽了外界的恐怖，因此那段時期雖孤單卻也不至於忍無可忍。他們吃了不少冰淇淋，欣然接受了比以往長得多的電子產品使用時間。疫情結束後，他們相當開心，數年過後就沒再想起那段時期了。

「『復古』是什麼意思啊？」山姆問道。

威利斯瞥了小兒子一眼，腦中的確萌生了一個念頭——他日後會緊抓著這一瞬間不放——也許還是別去上學來得好。儘管如此，過去的世界還未全然消失，於是那天早晨他幫山姆與以撒打包了午餐，送他們到學校，然後回到明亮陽光下、搭運輸車前往空船航廈。不過是無害藍天下又一個尋常早晨。

到了航廈，他停下腳步聽音樂，有人在洞窟般的入口走廊拉小提琴賺點零錢。小提琴家是個閉目拉奏的老翁，腳邊帽子裡積了不少銅板。他拉著一支看上去十分古舊的小提琴——似乎真的是木材製成——威利斯雖對聲學理解不深，卻也聽得出樂音之中的一股溫暖。威利斯聆聽音樂，聽著它在晨間通勤人潮中逐漸高漲，但就在此時——

——一閃而逝的黑暗，宛如日蝕——

——一瞬間的幻覺，森林、新鮮空氣、矗立周圍的樹木、夏日——

——然後他又回到了奧克拉荷馬市空船航廈，回到涼爽潔白的西區入口走廊，眨眼甩脫一時的暈眩。我方才似乎經歷了什麼，他腦中萌生這樣的想法，不過這不足以解釋適才的現象。他究竟經歷了什麼呢？那一閃而逝的黑暗，以及矗立周圍的樹林，到底是什麼？

他頓時恍然大悟：那是死後世界。

他告訴自己，閃過眼前的黑暗是死亡，森林則是死後的世界。

威利斯實際上並不相信死後世界的存在，但他相信潛意識的力量，也相信自己能下意識瞭解某件事情。他幾乎是想也不想便轉身往錯誤的方向走去，離他通勤搭的空船越來越遠。他不知道自己的目的地在哪裡，回神時卻赫然發現自己站在兒子們的校門前。

「可是你為什麼要帶兒子回家呢？」校長問道。「威利斯，我最近一直密切關注相關新聞，除了溫哥華那零星幾個個案以外，沒有什麼疫情啊。」

我關閉檔案，把裝置放進口袋，感受到一種難以解釋的忐忑不安。

「看得出來嗎？」卓伊問。「影片和書中那一段很相似吧？」

我的確看出來了。早在二十一世紀，有人走在森林裡，卻看見了一閃而過的黑暗，聽見了兩百年後空船航廈的聲響。而在二十三世紀，空船航廈裡某個人看見了一閃而過的黑暗，猛然產生了自己站在森林裡的錯覺。

「她可能看過那段影片啊。」我提出。「那個奧莉芙．李韋林。她搞不好看過影片，把那件事寫進小說裡了。」我對自己這番解釋頗為得意。

「這我想過了。」卓伊說。妳當然想過了，我心裡這麼想，但沒有說出來。這就是我們姊弟之間最大的差異：卓伊總是會設想萬全。「不過還有另一樣東西。我的團隊這一個月都在調查那位作曲家童年居住的地區，結果今天下午，我們找到了一封信。」她在立體投影中翻找檔案，不過投影設定為私密模式，所以從我的角度看來她像是在雲裡揮著手。「這個。」她說。

新的投影在我們之間迸出來，這是一份手寫文件，用的是一套陌生的字母系統。

「這是什麼？」

「我認為這可能也算證據。它是一封信。」她說。「一九一二年的一封信。」

「這是什麼字母啊？」我問。

「你在跟我開玩笑吧？」

「我難道該看懂它嗎？」我仔細一看，認出了一個字。兩個字。它和英文很類似，只不過字符扭曲又歪斜，有種奇異的美感，但字母形狀都跑掉了。莫非是某種原始英文？

「嘉柏瑞，那是草體字。」卓伊說。

「那是什麼東西啊？」

「好吧。」她說話時那種令人發狂的耐心，我已經習以為常了。「我切換到語音模式好了。」

她在雲裡做了些調整，然後一道男聲充斥在房裡。

伯特，

謝謝你四月二十五日那封信，它以龜速橫渡大西洋、橫跨加拿大，直至今日傍晚才送到我手裡。

你問我近來如何？哥哥，我老實告訴你，這個問題的答案連我自己也不甚清楚。我住進了維多利亞一間不錯的寄宿公寓，在房間燭光下回信——請恕我這點戲劇性文字，我只能說自己在近期一些經歷後，獲得了戲劇化的資格。如今，我已全然放棄經商和闖出一番事業，只剩下返家的念頭了，不過在這兒的流放生活相當舒適，我的生活費也夠應付日常支出。

我在這裡過了非常古怪的一段時間。不對，不盡然，我在這裡的生活其實相當沉悶——這是我自身問題，不怪加拿大——只有一次荒野中的例外，我接下來會試圖為你描述那段經歷。我先前隨奈爾的老同學湯瑪斯．麥洛特（我不太確定他的姓氏怎麼寫）從維多利亞北上，搭一艘滿載物資的小蒸汽船沿海岸北航兩三天，直到最後抵達凱耶特。這座村莊只有一間教堂、一處碼頭、一所只有一個班級的學校，以及寥寥數棟房屋。湯瑪斯接著到離海岸一小段距離的伐木營工作去了，我則選擇暫留在凱耶特的寄宿屋，享受當地美景。

在九月初一日上午，我因一些不值得詳述的原因進森林探險，走了幾步來到一棵楓樹下。我停留片刻、緩過氣來，然後在那兒經歷了當下顯得像超自然事件的現象，然而日後回憶起來，那也許不過是某種瞬間的神智混亂。

我站立在穿透林木的陽光下，忽然間周身陷入黑暗，黑暗來得極其迅速，彷彿房裡的蠟燭被人吹熄。在那漆黑之中，我聽見小提琴音，聽見某種難以描述的聲響，還一瞬間產生了自己來到室內的詭異錯覺，那似是火車站之類寬敞而充滿回音的空間。然後一切都結束了，我再次站在森林裡，彷彿什麼都沒發生過。我跌跌撞撞地跑回海灘，在岩灘劇烈嘔吐。隔天上午，我出於對身心健康的顧慮以及遠離那是非之地的想法，毅然決定回歸較近似文明的所在，於是我啟程回小小的維多利亞城，在此住了下來。

我在港口這間寄宿公寓的房間十分合宜，平時的餘興活動是散步、讀書、下西洋棋，以及偶爾畫點水彩畫。如你所知，我從小就對花園情有獨鍾，這附近也有一片公有花園，我從中獲得了不少安慰。我雖不願對任何人造成困擾，還是請教了醫師，他給我的診斷是偏頭痛，他也對這份診斷十分有信心。如果一個人從頭到尾都沒有頭疼，真能說是患了偏頭痛嗎？然而在缺乏其他解釋的情況下，我除了接受以外也別無他法。話雖如此，我仍忘不了那段記憶，也仍為此惴惴不安。

伯特，希望你近來安好，也請將我的敬愛代轉給母親與父親。

愛你的，

艾德溫

語音結束播放，卓伊用一個手勢使投影回到牆面，來和我並肩坐著。她有種我未曾見過的凝重。

「卓伊，」我說，「妳怎麼一副困擾的樣子……這到底是什麼狀況啊，我不是很懂。」

「你的裝置是用什麼作業系統？」

「Zephyr。」我說。

「我的也是。還記得幾年前Zephyr出了奇怪的錯誤嗎？雖然一兩天過後就修復了，但在那兩天內，有時你點開裝置上的文字檔，卻會聽到上次在聽的音樂。」

「記得啊，那個很煩。」我對那件事印象不深。

「那就是檔案損毀造成的。」

我隱約感受到某種偌大的恐怖，懸浮在我能觸及的範圍之外。

「妳的意思是……」

卓伊用手肘撐著桌子，說話的同時，額頭靠上了雙手。

「假如不同世紀的不同時刻相互交融，那嘉柏瑞，我們可以把這些時刻想成是損毀的檔案。」

「一個時刻怎麼會是一個檔案？」

她全身靜止不動。「你這樣想像就是了。」

我試著去想像：一系列損毀的檔案，一系列損毀的瞬間，一系列涇渭分明、不該發生任何接觸的事物，相互交融了。

「可是，如果把不同時間點想成不同的檔案的話……」我沒能說下去。和剛才相比，我們所在的辦公室感覺不真實了些。這張桌子是真的。我告訴自己。桌上枯萎的花也是真的。牆壁上的藍漆。卓伊的頭髮。我的雙手。腳下的地毯。

「這下，你知道我為什麼沒出去慶生了吧。」她說。

「可是……好吧，我也覺得這件事很詭異，可是妳說的是媽以前說的那個東西吧？那個模擬什麼的？」

她嘆了口氣。「這我也想過了，我的思維很可能受到了影響。你應該知道，我當初走上科學這條路就是因為她。」

我點點頭。

「而且，」她接著說，「我也知道這些都是偶然。我不是瘋子，它們都只是描述某種奇異經歷的紀錄而已。可是嘉柏瑞，這種巧合，這些時刻交融的奇特狀況，我怎麼看都覺得是某種證據。」

四

假如我們生活在模擬實境，那我們要怎麼知道這到底是現實還是模擬呢？凌晨三點，我從大學搭電車回家，在車上的暖光下闔眼，為這個世界的每一絲細節驚嘆不已。懸浮電車輕柔的震動。周遭聲響——幾乎微不可聞的窸窣聲、車內細碎的交談聲、某個小孩用裝置玩遊戲的電子音。**我們生活在模擬實境裡**。我這麼告訴自己，測試這個想法。可是這在我看來還是不太可能，我分明聞得到隔壁女人小心捧在手裡的黃玫瑰花束。**我們生活在模擬實境裡**。可是我肚子餓了，難道這也是模擬出來的嗎？

「就算把這些事件加總起來，也不能證明我們生活在模擬實境。」一個鐘頭前，卓伊在她的辦公室裡告訴我。「我只是覺得，這些證據足以成為調查動機了。」

問題是，你要怎麼調查現實呢？我告訴自己，我的飢餓感也是模擬出來的……可是我想吃起司堡。起司堡也是模擬出來的。牛肉是模擬出來的。（這倒是真的，不管在地球或在殖民地，你為了進食而殺害動物肯定會被逮捕。）我張開眼睛，心想：玫瑰花是模擬出來的。玫瑰花香也是模擬出來的。

「那如果要調查，會是怎麼個調查法？」一個鐘頭前的我這麼問卓伊。

「我看，應該要去到那幾個時間點，」卓伊說，「找到一九一二年寫信的那人、二〇一九或二〇二〇年那位攝影藝術家，以及二二〇三年的小說家，和他們聊一聊。」

我想起之前的新聞報導，時空旅行才剛發明成功，政府就馬上立法禁止政府機構以外任何人進行時空旅行。我想起從前在犯罪學課本看過專門討論時空旅行的一章，之前有一樁差點毀天滅地的「玫瑰迴圈案」，在那樁噩夢般的案件中，歷史發生了二十七次改變，然後失控的時空旅人才終於被制止，他造成的損害也終於化解了。我知道月球上現在有兩百零五人被判終身監禁，其中一百四十一人就是因試圖穿越時空被判刑。他們有沒有成功並不重要，你只要嘗試過一次，就等著吃一輩子牢飯。

「嘉柏瑞，」卓伊說，「你怎麼一臉震驚？你沒看到這棟大樓的門牌嗎？」

「時空研究院。」我說。

她看著我。

「妳不是物理學家嗎？」我說。

「這……是啊。」她說。在字與字之間的猶豫之中，存在太陽系大小的知識與成就差距。我聽見過去的溫柔，感受到她對我熟悉的耐心與慷慨。我很想告訴她，這世界上不可能每個人都是天才……不過這段對話早在我們青少年時期就發生過一次了，進行得不怎麼順利，所以我沒再開口。

我們生活在模擬實境裡，電車在離我公寓一條街的站點停車時，我這麼告訴自己。可是這和……呃，「現實」差距太遠了（我想不到更好的詞語）。我沒能說服自己，仍然滿心不相信。等等有安排降雨——我瞄了手錶一眼——再兩分鐘。我下了電車，刻意放慢腳步往公寓的方向走去。我從以前就喜歡雨水，就算知道那並不是真的從天上雲朵落下來的，我對它的喜愛也沒有減少。

五

接下來那幾週，我試著重新適應自己的生活規律。下午五點在小小的公寓起床，邊聽音樂邊煮飯，餵貓，散步或搭電車去上班。下午七點抵達飯店，隔著墨鏡注視大廳——大部分工作人員都沒戴墨鏡，不過我身為對光線敏感、無法忍受穹頂漫射光的夜城人，得到了人資的特許——然後站在那裡想著身邊可能不真實的一切事物。大廳的岩石地板。衣服的布料。我的雙手。我的墨鏡。一個女人穿行大廳的腳步聲。

「嘉柏瑞，晚安。」那個女人說。

「泰莉雅。嗨。」

「你好像對大廳地板非常感興趣。」

「可以問妳一個很無厘頭的問題嗎？」

「請問。」她說。「我今天過得好無聊。」

「妳平常會不會想到模擬假說？」感覺值得一問。我最近滿腦子都想著這件事。

她揚起眉毛。「你是說我們可能住在模擬實境裡的那套理論嗎？我前幾個月讀過相關的文章。」

「嗯。」

「其實我還真想過。我不相信這是模擬實境。」泰莉雅凝視著我身旁某處，目光穿透到大廳之外的街道上。「我也不曉得耶，可能是我太天真，但我總覺得模擬實境應該比這個更好。你想想看，既然要大費周章模擬外面那條街，那為什麼要讓路燈壞掉？」

對面的路燈已經閃爍好幾週了。

「有道理。」

「嗯，總之，」泰莉雅說，「晚安。」

「晚安。」我繼續注意周遭所有事物並告訴自己這些事物都是假的，但現在我因為她那段話而分心了。那個年代，沒有任何人談論各個月球殖民地的破敗，可能我們大家都有點難為情吧。

「是啊，說是月球失去了魅力也不為過。」那晚和卓伊見面時，她這麼說道。我的班在凌晨兩點鐘結束，於是我打電話問她能不能過去找她。我知道她這個時間一定沒睡——她和我一樣還保留過去在夜城的作息，習慣熬夜，而且她這兩天休假。我搭電車到她的公寓，這間公寓我只來過幾次而已，都忘了被她漆成深灰色的室內有多暗。她收藏了許多古風實體書——大多是歷史書——牆上掛著一幅裱框圖畫，是我們小時候一起畫的，我看到時心裡很感動。那時我們大概四歲和六歲左右，一起畫了自畫像，用明豔色彩描繪手牽手站在樹下的男孩與女孩。

「那魅力去哪了？」我問。她幫我倒了一大杯威士忌，我知道自己酒量不好，所以非常非常慢地啜了幾口。她已經開始喝第二杯了。

「可能是轉移到比較新的殖民地去了吧。可能是泰坦，或是歐羅巴，或是邊遠殖民地。」我們坐在她的廚房餐桌前。她就住在時空研究院對面，這點我本就知道了，卻似乎一直沒真正意識到這件事。卓伊生命中有什麼重心呢？她從前和母親非常親，現在媽走了，卓伊除了工作以外什麼也不剩了……但我可沒資格說她。我靠著椅背，望向時空研究院連綿的屋頂，望向更遠處發光的尖塔。我有可能移民到邊遠殖民地嗎？真是天馬行空的想法。不過再接著想下去，下一個念頭當然是：**假如我們生活在模擬實境裡，那邊遠殖民地當然也不是真的了。**

「他們後來怎麼了？」我問。「那個二十世紀寫信的人，是叫艾德溫嗎？還有奧莉芙．李韋林，他們後來怎麼了？」

卓伊居然已經把第二杯酒喝完了——我第一杯還剩一半——她為自己倒了第三杯。

「寫信者後來從軍參戰，回到在英格蘭的家時已經身心受創，最後死在了瘋人院。奧莉芙・李韋林死在了地球上，她在地球巡迴簽書時爆發了全球流行病。」

「卓伊，」我說，「妳已經開始調查了嗎？」

「算是吧。目前已經開始初步討論了，不過時光旅行相關程序還是深受官僚體制箝制。」

「那妳有沒有機會……到時候會派妳回到過去嗎？」

「我前幾年差點辭去了時空研究院這份工作。」她說。「他們想留我，我提出的條件是再也不派我旅行。」

「妳時空旅行過。」我說，那一瞬間對姊姊產生了無盡的敬佩。「妳去了哪裡啊？」

「我不能說。」她一臉嚴肅。

「那至少可以說說妳為什麼不想再去吧？我還以為那是……」

「你以為那是很有趣的體驗。」她說。「確實很有趣，最初真的令人神魂顛倒。它可說是通往異世界的一道門。」

「嗯，我想像中就是這樣。」

「可是嘉柏瑞，在時空旅行前，你可能得先花兩年做研究。你去到特定的時間點，就是為了調查某件特定的事物，所以你在那裡可能遇上的所有人，你都得先研究透徹。時空研究院有數百名員工都是做這種工作，閱讀幾百年前死去的人的資料之後，把研究成果彙整起來給旅人參考，而身為旅人你就得仔細研讀他們的彙整報告，直到能倒背如流為止。」她頓了頓，喝一口酒。「所以呢，嘉柏瑞你想像一下。你回到久遠以前某個時間點，踏進派對會場，這時候你已經知道在場每一個人會怎麼死了。」

「好像有點毛毛的。」我承認。

「而且嘉柏瑞，他們其中一些人的死法完全是可以避免的。你可能會和在場一個女人交談，我們假設她家裡有幾個年幼的孩子好了，你知道她下週二會在野餐時溺水而死。可是你不能影響時間軸，所以絕對不能對她說：『下週別去游泳。』你必須讓她赴死。」

「也不能把她從水裡救出來。」

「沒錯。」

我不知該說什麼才好，只能凝望窗外的屋頂與尖塔，思考自己有沒有可能為了保持時間軸不變而讓別人送死。卓伊靜靜喝酒。

「從事這份工作的人，必須達到接近非人等級的超然。」她終於開口說。「我剛剛是不是說了『接近』非人？不對，不是『接近』，『就是』非人。」

「所以你們得派人去時空旅行，調查這件事情，」我說，「可是那個人不會是妳。」

「應該會派好幾個人去，但我不知道是誰。這份工作可不搶手。」

「那派我去吧。」我說，因為在那一刻我腦子裡想的是：反正那個只存在假設之中的女人本就注定在下週二溺水了。

她詫異地看著我，臉頰浮現了酡紅，但除此之外她顯得完全清醒，沒有醉意。

「絕對不行。」

「為什麼？」

「首先，這份工作危險至極。而且，你不具備相應的資格。」

「那是要什麼背景的人才能回到過去，跟以前人說說話？實際工作內容也就這樣而已吧？什麼樣的人才有資格去？」

「你得先通過一系列的心理測試，接著是多年訓練。」

「我做得到。」我說。「我可以回去讀書，要我受訓也都沒問題。我之前不是讀過犯罪學嗎？我知道怎麼盤問別人。」

她沉默不語。

「妳應該不想讓太多人知情吧？」我說。「要是我們生活在模擬實境的消息傳出去，那不就天下大亂了？」

「我們還不能肯定，而且這大概也不能用『天下大亂』來形容。我猜全世界會陷入極致的倦怠。」

我決定晚點去查清「倦怠」的意思。有些字詞你聽了一輩子，卻還是不清楚它們的確切字義。

「卓伊，」我說，「反正我的生活本來就沒什麼意思嘛。」

「別說這種話。」她反駁得太快了。

「可是……這個情況，」我說，「這個東西，這個……這個可能性，應該是我這輩子最感興趣的一件事了。」

「那就去找個業餘興趣啊，嘉柏瑞，去學學書法或射箭或其他什麼都好。」

「卓伊，妳就不能考慮一下嗎？和你們負責這個案子的人討論看看，請他們考慮用我？既然要時空旅行，那其實也不趕時間嘛，我多得是時間準備，你們要我做什麼都沒問題。我可以回去讀書，接受心理訓練，什麼都——」我意識到自己已經語無倫次了，於是閉上嘴巴。

「不行。」她說。「絕對不行。」她喝乾手裡那杯酒。「嘉柏瑞，我就說這很危險了，我不希望我愛的任何一個人從事這份工作。」

六

那之後三週我都沒和卓伊見面，她的裝置也設定了外出時的自動回覆。我繼續過著上班、下班、在公寓裡來回踱步、和貓咪說話的生活。最後，某一天假日，我留了語音訊息說等等要去她辦公室。她沒有回應，但我還是在接近傍晚時搭電車前去時空研究院。她之前對我說過她的工作時間，我知道她現在正在上班。在電車上，我看著蒼白的街道悄然溜過窗外，看著一幢幢缺了石塊的老舊岩石建築，以及緊鄰它們的違建民宅——看見那些殘敗的違建建物，我感受到夜城的影響力悄悄滲入一號殖民地，空氣中的無秩序令我精神抖擻。我腦子裡突然冒出一個古怪又瘋狂的想法：卓伊搞不好死了。她工作太操勞，酒又喝得那麼多。在我們母親剛去世那一年，我的想法往往會偏向災難與不幸。

我站在時空研究院門外，仰望這棟高聳的白石建築，打了最後一通電話給她。沒有回音。現在是下午六點左右，有幾個人單獨或成對從大樓走出來。我不由自主地端詳他們的臉——不知道從事這種真有重大風險的工作是什麼感覺？——這時候，我發現其中一張臉是伊樊。

「伊樊。」我說。

他詫異地抬頭。

「嘉柏瑞！是什麼風把你給吹來了？」

我在母親喪禮上和伊樊聊過幾句，不過那天的一切都模糊不清，這麼說來，從我一年前去他家參加晚宴以後，我們就沒再長談過了。不曉得是不是穹頂照光的關係——光線逐漸黯淡、添了點銀白色，粗略模擬地球上的暮光——但伊樊看上去比我印象中蒼老，而且顯得憔悴許多。

「這是我要問的問題吧。」我說。「樹木醫師怎麼會來時空研究院呢？」在他遲疑那一瞬間，我找到了破綻，他有什麼不想告訴我的祕密，有什麼我不該知道的祕密。

「你是在這邊上班吧？」

他點點頭。「對。已經一陣子了。」

「那你知道卓伊最近的計畫嗎？那個模擬什麼的？」

「老天啊，嘉柏瑞，你別再說了。」伊樊雖然面帶笑容，我卻看得出他是認真的。「我們好久不見了，要不要喝杯茶？」

「好啊。」

「來我辦公室坐坐吧。」他說。「我請人送茶點上去。」

我們默默穿過中庭、經過警衛桌，搭電梯上樓後穿過連續幾條在我看來長得一模一樣的白色走廊，經過無數道沒有標示的門和不透明玻璃，彷彿走在迷宮裡。

「到了。」他說。

他的辦公室和卓伊那間格局相同，只不過他在窗邊擺了一盆小樹。茶點已經擺在桌上等著我們了，另外還有三個茶杯。我都認識伊樊大半輩子了，怎麼一直沒認真問起他的工作？他以前說過自己是樹木醫師，我也偶爾問起樹木相關的問題，但現在看來我對朋友的瞭解實在太淺薄了。他的辦公室位於高樓層，從窗戶往外望，你可以看見一號殖民地向外延伸的一座座尖塔，以及遠方的豪月飯店。

「你在這裡工作多久了啊？」我問。

「大概十年。」他暫停倒茶的動作，想了一下。「不對，是七年，只是感覺已經過了十年。」

「我一直以為你是樹木醫生。」

「老實說，我滿想念那份工作的。照顧樹木現在恐怕只能算是業餘愛好了。請坐吧。」

我走向他的會議桌，這和卓伊辦公室裡的桌子也一模一樣。此時此刻的奇異感突然襲上腦門，感覺原本的現實消失了，被另一個現實取而代之。**可是我已經認識你好幾年了啊，我很想說，你明明就是樹木醫生，才不是時空研究院的上班族。我們不是**

高中同學嗎？當年不是一起畢業的嗎？

「照顧樹木比較輕鬆嗎？」我問。

「和我現在的工作相比嗎？是啊，輕鬆太多了。」他的裝置震動一下，他瞥了螢幕一眼，皺起眉頭。

「你在這裡上班七年了，怎麼都沒告訴我？」

「因為……這實在很尷尬。」他說。「我說的『尷尬』，意思是這東西是機密。我不太能回答工作相關的問題，所以平常也不愛提這件事。」

「做這種機密工作，」我說，「感覺應該很奇怪吧。」我說的「奇怪」，意思是無比美妙。

「我也都儘量不說謊，假如你問我在哪裡上班，我會說我在做時空研究院的案子，讓你自己以為這是和樹木有關的案子。」

「好喔。」我說。沉默在我們周遭蔓延開來，我實在不曉得要怎麼提出請求。僱用我。**讓我加入你們，讓我加入你們在這邊做的工作。**「伊樊——」我才剛開口，辦公室的門突然開了，卓伊走了進來。我長大後就沒再見過她這個表情了，她現在怒不可遏。她在我對面坐下，也不碰擺在面前的茶杯，直接筆直盯著我雙眼，直到我不得不移開視線為止。

「我從五歲開始和姊姊玩互瞪遊戲，結果一次都沒贏過。」我對伊樊說。「不對，可能是四歲。」他用一個無力的微笑回應我。沒有人出聲。我的目光飄回窗邊的小樹。

伊樊終於清了清喉嚨，我大大鬆了口氣。

「我必須先說，」他說，「我們沒有任何一個人違規。嘉柏瑞，卓伊當初對你提到那個異常時，那件事還未被列為機密。」

卓伊低頭看著她那杯茶。

「當然，」伊樊說，「這不表示你可以站在時空研究院門外，大聲重複她告訴你的那些事。」

「抱歉。」我說。「伊樊，我能問你一句嗎？那是真的嗎？」

「什麼意思？」

「卓伊告訴我的那些事件聽起來好像有某種規律，可是，那個，那其實是我們媽媽常掛在嘴邊的事情。」我說。「模擬假說。」
「我也記得從前聽你們媽媽提過。」他和聲說。
「我覺得，有時候你失去重要的人以後，會想要在不相關的事情之間找出連結。」
伊樊點點頭。「的確是，這部分我就無法肯定了。」他說。「不過我以前和你們母親關係沒有很親，所以我算得上中立的第三方，而依我的判斷，我覺得這件事值得我們調查。」
「那我可以幫忙嗎？」我問。
「不行。」卓伊嘀咕一聲，聲音小到幾乎聽不見。
「卓伊確實告訴過我，你有來這裡工作的意願。」我發現伊樊小心避開了卓伊的視線。
「對，」我說，「我有意願。」
「嘉柏瑞。」卓伊說。
「你為什麼想來工作呢？」伊樊問。
「因為這個很有趣。」我說。「我上一次對一件事這麼感興趣，已經是——嗯，老實說我記憶中沒有比這更有趣的事了。希望你聽我這麼說，不會覺得我這個人無聊到不顧自己死活。」

「不會啊。」伊樊說。「我只覺得你聽起來真的非常有興趣，我們所有人都是對這類事情感興趣才來時空研究院上班的，不然也不會在這邊工作。你知道我們做的是什麼工作嗎？」

「不太清楚。」我說。

「我們的工作是確保這條時間軸的完整性，」他說，「並調查時間軸的異常。」

「所以還出現過其他異常嗎？」

「通常查到最後都會發現那不是異常狀況。」伊樊說。「我剛來時空研究院調查的第一個案子，就和長相酷似的兩個人有關。我們最尖端的臉部辨識軟體判定同一個女人出現在了一九二五年與二〇九三年的照片與影片中，不過我設法採到DNA樣本之後，證實了她們是兩個不同的女人。」

「你剛剛說『通常』。」我說。

「在少數幾個案件中，」伊樊說，「我們沒能得出結論，無法確認那是巧合還是異常。」看得出這讓他心裡十分不安。

「你們是特別在找什麼異常嗎？」我問。

「我們特別注意的狀況有幾種。」他靜了片刻。「和『異常』相關的調查還在持續進行，」他說，「這部分的標的，是查出我們究竟是不是生活在模擬實境之中。」

「你覺得這是模擬實境嗎？」

「包括我在內，」他小心翼翼地說，「有一派人認為時空旅行不該這麼順利的。」

「你是什麼意思？」

「我的意思是，時空之中的迴圈理應更頻繁出現才對。我的意思是，有時我們改變了時間軸，時間軸卻似乎會自行修復，修復的方式在我看來並不合理。我們每一次回到過去，歷史軌跡都理應發生無可逆轉的變化，但我們並沒有觀測到這種現象。有時歷史事件似乎會發生與時空旅人的干涉相對應的變化，以致一個世代過後，歷史會恢復原先的走向，彷彿旅人從沒回到過去一樣。」

「不過這些都不能證實模擬假說。」卓伊搶著補充。

「對。模擬假說很難驗證，」伊樊說，「這之中的難處應該不需要我多做解釋。」

「可是，如果你們辨識出模擬裡頭的錯誤，就可以往證實模擬假說這個方向前進一步了。」我說。

「沒錯，就是這樣。」

「嘉柏瑞，」卓伊說，「我知道這很有趣，但這份工作困難重重，也會對心理造成很重的負擔。」

「卓伊和我對於時空研究院的看法有些分歧。」伊樊說。「用客觀的方式來說，我們兩個在這裡工作的體驗不盡相同。」

「是啊，這的確是客觀的說法。」卓伊語調平板地說。

「但我可以告訴你，」伊樊說，「在這裡工作非常有趣。」

「而我可以告訴你，」卓伊說，「伊樊今年、去年和前年都沒能達到他的招募目標。」

「在這裡，無論是訓練過程或工作本身都需要極端的慎重與保密，」伊樊無視她，繼續說了下去，「職員也需要極強的專注力。」

「我可以專注。」我說。「我可以保密。」

「那麼，」伊樊說，「我幫你安排面試審查吧。」

「謝謝你。」我說。「我知道這聽起來……你聽我說，我沒有故意要裝可憐的意思，可是我這輩子真的從沒做過有趣的工作。」

伊樊微微一笑。「面試審查的部分不用擔心，你一定可以輕鬆過關。這是值得慶祝的一刻。」

但既然這是值得慶祝的一刻，為什麼姊姊一直沉默不語，為什麼她面色這麼凝重呢？**這份工作困難重重，也會對人心造成很重的負擔。**妳聽我說——伊樊請人送來三杯香檳時，我很想這麼對她說——我寧可從事危險的行業，也不想繼續做讓我無聊到感覺像植物人的工作。不過我沒說出口，我怕說了她會哭出來。

七

一週後，我提前一個鐘頭到飯店報到，走進泰莉雅的辦公室。

「嘉柏瑞。」她說。

我正準備坐下來，她卻搖搖頭，從辦公桌後方站起身來。「我們出去散步吧。」

「我等等就得上班——」

「有件事說來有趣。」她示意我走前面。「我大學時期讀的是工作史，發現無論過了幾百年，職場上還是有一個常態：沒有人想和人資過不去。」她打開側門，我們踏入外頭的晝光，一旁就是卸貨區。「我對你主管說過有事情要和你談談，不會有人介意你暫離崗位的。」

今天安排的仿造天氣是陰天，所以日光有點灰暗，我總覺得不對勁。

「很難適應吧。」泰莉雅說，她看到我不安地瞄了天空一眼。我們朝一號殖民地的河濱步道走去。月球上三個殖民區都有為居民心理健康而造的河川，流淌在一模一樣的白石河床上，過河的石拱橋也同樣是白石建成，規格都一模一樣。這是工程學的一大成就，不同殖民區的河川甚至連水聲都一模一樣。「你當初為什麼離開夜城？」她問。

「因為離婚的事鬧得很痛苦。」我說。「我只是想換個地方從頭來過。」相同的流水聲令人心安，假如我不抬頭，假如我不注意這詭異的灰光與虛假的陰天，甚至能假裝自己回到了老家。「那妳又為什麼要來這裡？」

「我原本就是這裡人。」她說。「一直到九歲那年才搬到夜城。」

「喔。」

我們走近一座拱橋。換作在夜城，橋下必定會有幾個混混在打盹或嗑藥，享受河堤陰影中的寧靜，然而這裡就只有一個坐在長椅上的老男人，他獨自坐著，默默盯著河水。

「你來我辦公室，是為了提離職。」泰莉雅說。

「妳怎麼知道？」

「因為三天前，我主管的主管的主管叫我和時空研究院兩個官員談話，從他們的提問看來，他們是在審查你是否適合某個職位。」

不知道有沒有一個特定的字詞，可以用來描述「周遭無形的官僚體制悄悄運作所帶來的不安」？泰莉雅停下腳步，於是我也不再前進，低頭注視著河水。我小時候會把小船放在夜城的河裡，看著它們順水流往下游漂去，但夜城河川可是反射了陽光與太空的漆黑，黑暗卻又璀璨。一號殖民地的河川是牛奶般混濁的淺色，反映了穹頂的假雲彩。

「我們從前就住在那裡。」泰莉雅邊說邊伸手一指。我抬頭看向河川對岸，那是豪華公寓群當中最老、最華美的一幢，遠看是白色圓柱狀塔樓，每一座陽臺都有花園。「我父母以前也是在時空研究院工作。」

我不知該說什麼才好。他們一家人為什麼會從一號殖民地最時尚奢華的公寓，搬到夜城一棟破舊的小屋呢？我絞盡腦汁，只想得到各種災難與不幸。

「他們兩個都是旅人。」泰莉雅說。「但後來有一次，他們在執行任務時發生某種恐怖的事故，那之後我父母兩人都無法工作，不到一年過後我們就搬進了夜城那個殘破的社區。」

「太遺憾了。」這句話我說得很不甘願，因為我其實深愛夜城，她口中那個殘破的社區就是我的家。我們一家人——我、卓伊、媽媽——之所以住在那裡，不是因為別無選擇，而是因為，套句母親的話：「至少這地方還有點個性，不像那些打了假燈光、乾淨到了乏味地步的殖民地。」不過我回想起這件事時，同時也想到我們以前屋頂漏水，好像也沒錢修理。

泰莉雅看著我。「你不能指望喝醉酒的人保密。」她說。「用膝蓋想也知道，當你把人送到過去，就必然會改變歷史，這件事相信你也很清楚。我記得我爸常說：**旅人的存在本身就造成了擾亂**。你到過去、和當時的人事物互動，不可能不對時間軸造成影響。」

「是。」我說。我不確定她想表達什麼，但聽著聽著就覺得非常不自在，甚至沒法對上她的視線。

「有時候，時空研究院會回到過去，扭轉旅人造成的損害，確保旅人不做出改變歷史的那件事。那通常都是些雞毛蒜皮的小事，例如你在過去幫一個女人開門，沒想到那個人接下來會創造出終結文明的演算法之類的。有時他們會回去扭轉錯誤，但不是每一次都會。你想知道他們是如何抉擇的嗎？」

「聽起來是極機密的事情。」我說。

「絕對是啊，嘉柏瑞，但我挺喜歡你的，而且上了年紀後我越來越魯莽了，所以還是打算把機密告訴你。」（她也才三十五歲而已吧？那一瞬間，她在我眼裡添了幾分令人怦然心動的滄桑與世故。）「他們的標準是：**唯有在歷史變化波及時空研究院**

時，他們才會回去扭轉錯誤。嘉柏瑞，你覺得我是什麼人？你會怎麼形容我？」

這怎麼聽都是陷阱題。「我……」

「沒事的，」她說，「你就直說吧。我是官僚，人資完全等同官僚體系。」

「好喔。」

「時空研究院也是這樣。它是月球首屈一指的研究學府，坐擁有史以來唯一一臺可運作的時光機，和政府與執法單位有著千絲萬縷的關係。你想想看，它就算只有這三者其中之一，那也是很恐怖的官僚體系了吧？你要知道，官僚體系就是一種生物，而所有生物的主要目標都是自保，官僚體系之所以存在，就是為了保護自己。」她又望向對岸了。「我們以前住在三樓。」她指著前方說。「陽臺上有藤蔓和玫瑰叢的那間。」

「很美。」我說。

「是吧？其實我能理解你想去時空研究院工作的心情。」她說。「你一定覺得那是很刺激新奇的機會，而且你在飯店這樣做下去也沒什麼前途。但你要知道，等研究院把你利用殆盡之後，就是兔死狗烹的時候了。」她說得輕描淡寫，我甚至不確定自己有沒有聽錯。「我得去開會了。」她說。「你一個小時內回飯店上班吧。」她轉身離去，留我獨自站在河邊。

我回眸望向那幢公寓。我好幾年前去過那邊其中一間公寓，那次是去參加派對，我喝得酩酊大醉，卻還記得裡頭優美的拱型天花板與寬敞的房間。我這時想的是，要是我在時空研究院的工作出問題，到時就不能怪身邊的人沒警告我了。

可是我感受到了對人生深深的不耐煩，當我轉身要回飯店時，發現自己實在沒法再踏進去了。飯店已是過去，我現在渴望的是未來。我撥了電話給伊燓。

「我可以提早開工嗎？」我問。「我知道原本的計畫是先跟飯店提離職，給他們兩週時間辦完離職程序，可是我能不能現在先開始受訓？我今晚就可以開始了。」

「好啊。」他說。「那我們約一個小時後開始，你趕得過來嗎？」

八

「要喝茶嗎？」伊燓問。

「好啊，麻煩你了。」

他往裝置裡輸入了些什麼，我們兩個一起坐在他的會議桌邊。一段突如其來的回憶：某天放學後，和伊樊與他母親在他們家喝印度奶茶，他們公寓比我們家高檔。印象中伊樊母親從事可以在家工作的職業，所以她忙著看螢幕，我和伊樊則忙著讀書，想必是在某次考前。那時我還在嘗試：一、喝茶，二、當個好學生。我正想提起那一段回憶——**你還記得嗎？**——忽然聽見門口傳來輕柔的叮咚聲，一個青年端著茶盤走進來，放在桌上後點頭離開。**印度奶茶是真的**，我告訴自己。我突然意識到：伊樊一定也記得那久遠以前的下午，因為我每次來時空研究院，他請我喝的都是印度奶茶。

「來，給你。」伊樊把蒸氣騰騰的馬克杯拿給我。

「卓伊為什麼不希望我來這邊工作？」

他嘆了口氣。「她幾年前有過一段不好的經歷，但細節我就不清楚了。」

「你明明很清楚。」

「是啊，我其實很清楚。我告訴你，這真的就只是傳聞而已，但我聽說她愛上了一位旅人，那個旅人卻失控了，迷失在時空之中。我知道的就這些了。」

「你明明知道更多。」

「沒被列為機密的就這些了。」伊樊說。

「迷失在時空之中是怎麼回事？」

「假如你故意亂搞、擾亂時間軸，時空研究院可能會決定不讓你回到現代。」

「怎麼會有人故意擾亂時間軸？」

「就是啊。」伊樊說。「你別做這種事就沒問題了。」他往牆邊湊趣，碰了下觸控板，我們之間的空氣中立刻浮現了一條時間軸與幾個人的照片。「我最近在幫你草擬調查計畫。」他說。「我們不希望你直接進到異常區域的中心，因為我們還不曉得那個異常是什麼，也不知道它有多危險。所以，我們想請你去找出可能看過異常事件的人，問他們一些問題。」

他把其中一張照片放大，那是張非常古老的黑白照，相片中的年輕男人身穿軍服，一臉憂心忡忡。「這是艾德溫．聖安德魯，他在凱耶特森林裡經歷過某種事件。你會去拜訪他，看看他願不願意談這件事。」

「原來他是軍人啊。」

「你去見他時，他還不會是軍人。你會回一九一二年和他談話，他在那之後才會從軍，在西線戰場經歷非常黑暗的一段時期。要不要再喝點茶？」

「謝謝。」西方戰線是什麼？希望之後的訓練會包括這部分內容。

他把時間軸往旁邊滑，我接著看到另一個男人，是卓伊之前那段影片裡的作曲家。「在二〇二〇年一月，」伊樊接著說，「一位名叫保羅．詹姆斯．史密斯的藝術家在表演中用到一段影片，影片疑似拍下了聖安德魯上個世紀所描述的異常狀況，但我們不太確定確切的拍攝地點。我們沒能找到那場音樂會的完整錄像，手上就只有卓伊給你看的那一段而已。你之後會去和他說說話，看能打聽到什麼情報。」

伊樊又滑動時間軸，我看見另一張照片，這是在空船航廈裡閉眼拉小提琴的老男人。「這是亞倫．薩尼。」伊樊說。「二二〇〇年左右，他在奧克拉荷馬市空船航廈拉了幾年小提琴，我們認為奧莉芙．李韋林在《馬倫巴》故事中提到的小提琴樂，就是他演奏出來的。你會去訪問他，多多瞭解他的音樂——其實你能問出越多越好，不限於音樂的部分。」他又拉著時間軸往前進，下一位是奧莉芙．李韋林，母親生前最愛的作家，也是泰莉雅．安德森從前那個家兩個世紀前的住戶。「這是奧莉芙．李韋林。很遺憾的是，沒有任何人會保存兩百年前的監視器錄像，所以我們找不到奧莉芙‧李韋林在寫《馬倫巴》之前，可能在空船航廈經歷過異常事件的紀錄。你會在她最後一場巡迴簽書會上採訪她。」

「她的最後一場巡迴簽書會是什麼時候？」我問。

「二二〇三年十一月，SARS-12疫情剛開始之時。別擔心，你不會得病的。」

「我連聽都沒聽過這種病。」

「我們小時候都接種過它的疫苗。」伊樊說。

「這個案子還會有其他調查員加入嗎？」

「有好幾個，他們會從不同角度著手，訪問不同的相關人士，或者用不同方式訪問同樣那些人。你可能會在過去遇上其他調查員，但如果他們足夠專業，那就完全看不出蛛絲馬跡了。嘉柏瑞，從你的角度而言，這份任務並不難。你只要和幾個人談話、把調查結果交給上級調查員就好，他們會接著查下去並整理出最終結論。如果一切順利，之後還會派你做其他的調查案，你在這裡的職涯絕對會非常有趣。」他注視著時間軸。「依我看，」他說，「你從訪問小提琴家開始好了。」

「好喔。」我說。「那我什麼時候要去訪問他？」

「大約五年以後。」伊樊說。「在那之前，你得先接受一點訓練。」

九

受訓感覺並不像沉浸在另一個世界，而是沉浸在連續好幾個世界裡的感覺。這每一個時刻都接連發生，一個個世界悄悄淡去，只有在回顧過往時你才會發現它們已經消逝了。我在時空研究院的小房間裡上了多年的個人課，這些年來在走廊上和別人擦身而過時，我都不曉得他們是不是和我身分相同的學員——這裡都沒有人戴名牌的。我也在時空研究院圖書館靜靜讀書多年，還有深夜抱著腿上熟睡的貓咪，在我的公寓裡研讀資料。離開飯店五年後，我終於首次來旅行室報到。

這是間不大不小的房間，完全由某種複合岩石材料砌成，一頭是嵌入牆壁深窩的長椅，面對一張看上去十分普通的辦公桌。卓伊就在那裡等著我，手裡拿著長得很像槍的裝置，我看了心裡一陣焦慮。

「我會在你手臂注射追蹤器。」她說。

「早安啊，卓伊。我最近很好，謝謝妳關心。我看到妳也很開心。」

「這是微型電腦，它會和你的裝置串聯，而你的裝置會和機器相互溝通。」

「好喔。」我說。噓寒問暖什麼的就算了。「所以追蹤器會把資訊傳到我的裝置嗎？」

「還記得我之前送你的那隻貓嗎？」她說。

「馬文嗎？我怎麼可能不記得，他現在還在家裡睡午覺呢。」

「我們之前把一名探員送到過去，」卓伊說，「但那名探員愛上了過去的某個人，不願意回來了，於是她自己移除了追蹤器、把它餵給貓吃。我們試著強行把探員傳送回來時，出現在旅行室裡的不是她，而是那隻貓。」

「等等，」我說，「所以我的貓是來自過去的貓？」

「他是從一九八五年來的。」她說。

「什麼。」我不知該說什麼才好。

她拉住我的手——我們上次肢體接觸是什麼時候了？——我看著她一臉嚴肅、專心致志地把一顆小銀粒注射到我左手臂。這比我想像中痛很多。她在辦公桌上方展開投影，注意力轉向飄在空中的投影螢幕。

「妳應該告訴我的。」我說。「妳竟然一直都沒告訴我，我的貓是時空旅貓。」

「說真的，嘉柏瑞，我說不說又有什麼差別？貓就是貓啊。」

「妳從小就不喜歡動物吧。」

她緊緊抿著嘴，不肯直視我。

「妳應該替我感到高興才是。」她在投影上做些調整時，我對她說。「我這輩子真心感興趣、真心想做的就只有這件事而已，現在我的夢想就要實現了。」

「唉，嘉柏瑞。」她心不在焉地說。「我可憐的小羔羊。裝置呢？」

「這邊。」

她接過我的裝置，拿到投影近處，然後交還給我。

「好了。」她說。「你的第一個目的地已經設置成功，坐進機器吧。」

十

談話紀錄：

嘉柏瑞・勞勃茲（GR）：好，開始錄音了。謝謝你接受訪問。

亞倫・薩尼（AS）：不客氣。謝謝你請我吃午餐。

GR：雖然我們前面已經聊過了，不過為了錄音紀錄我再問一次：你是小提琴家吧？

AS：是的，我都在空船航廈拉琴。

GR：為了賺過路人的零錢嗎？

AS：為了自娛。我先澄清，我並不需要這些錢。

GR：可是你在腳邊放了那頂帽子，收取零錢……

AS：這個啊，那是因為人們會把零錢朝我丟來，所以我有天決定直接把帽子倒放在跟前，這樣零錢至少能全扔到一處。

GR：我想請問，如果不缺錢的話，你為什麼要來拉琴呢？

AS：這個啊，因為愛啊，孩子。我愛拉琴，也愛看著其他人。

GR：你不介意的話，我想播一段錄音給你聽。

ＡＳ：是音樂嗎？

ＧＲ：除了音樂還有一些背景聲音。聽完以後，我會問你幾個問題，希望你想到任何相關的事情都能告訴我。這樣可以嗎？

ＡＳ：好，那就播吧。

〔……〕

ＧＲ：那是你吧？

ＡＳ：對，那是我在空船航廈拉琴的聲音，不過錄音品質很差。

ＧＲ：你怎麼能確定是你呢？

AS：我怎麼能……這什麼問題？孩子啊，這是因為我認得這段音樂，也聽見了空船聲，就是最後那聲呼嘯。

GR：那我們先把焦點擺在音樂的部分。能幫我介紹你拉的這首曲子嗎？

AS：我的搖籃曲。這是我作的曲子，可是我一直沒有為它取名。我是為我太太譜的曲——她已經去世了。

GR：她已經……那太遺憾了。

AS：謝謝你的安慰。

GR：有沒有——你有沒有把自己拉的這首曲子錄下來過？或是把它譜下來過？

AS：都沒有。為什麼這樣問？

GR：這個，我前面也說過，我是一位音樂歷史學者的助理，負責調查地球各區空船航廈裡，街頭藝人演奏的音樂，研究這些音樂的相似與差異性。

AS：你說你是在哪間機構工作？

GR：不列顛哥倫比亞大學。

AS：那你這是哪裡的口音呢？

GR：口音？

AS：你的口音剛剛變了。我這人對口音非常敏感。

GR：喔，我是二號殖民地來的。

AS：真有趣。我太太是一號殖民地人，可是她的口音和你很不一樣。你這份工作做多久了啊？

GR：協助調查的工作嗎？已經做幾年了。

AS：這是要特別讀什麼科系才能做的工作嗎？你要怎麼進這一行啊？

GR：好問題。老實說，我那陣子一直都在浪費時間，雖然有一份飯店警衛工作，還算過得去，可是整天就只能站在飯店大廳盯著別人。後來，呃，我看到轉行的機會，又對這份工作非常感興趣，這輩子還是第一次對事情這麼感興趣。我花了五年受訓，研究語言學、心理學和歷史學。

AS：歷史的部分很合理，可是為什麼要學心理學和語言學？

GR：這個，研究語言學是因為不同時代的人們會用不同的方式說話，學了有助於研究有語音或歌詞的古音樂。

AS：有道理。那心理學呢？

GR：這是個人興趣，和工作沒什麼關係。完全沒關係。我也不知道為什麼對你提這個。

AS：女士何故激烈斷言？

GR：等等，你剛剛叫我女士？

AS：孩子，那是莎劇名臺詞。真是的，你沒上過學嗎？

十二

「好圓滑喔。」聽完錄音後，卓伊說。「很老練嘛你。」

和我們同坐在她辦公室裡的伊樊像在忍笑。

「我知道啦。」我說。「對不起。」

「也不能怪你，」姊姊說，「畢竟你的訓練內容不包含莎士比亞。」

「卓伊，」我說，「伊樊，那個，假設我把事情搞砸了，那會發生什麼事？」

「別把事情搞砸。」伊樊瞄了他的裝置一眼。「抱歉，」他說，「我得去和主管開會了，我們一個小時後在我辦公室見。」他說完就出去了，留我和姊姊獨處。

「你怎麼看那個小提琴家？」卓伊問。

「他大概八十幾歲，」我說，「甚至可能九十幾歲了。他的口音聽起來慢吞吞的，像是每一個字都拖了好長才說出來。他的眼睛做了那種——那種變色手術，妳知道我說的手術嗎？他把眼睛變成一種奇怪的紫色，可能是紫羅蘭色吧。」

「這在他年輕時應該很流行。」

她轉回去重讀對話紀錄。我起身走到窗前，現在是晚上，穹頂變得透明了，遠遠可以看見天際冉冉上升的地球，看見它美麗的藍綠色彩。

「卓伊，」我說，「可以問妳一個問題嗎？」

「當然。」

我轉回去看她，原本在讀紀錄的她也抬起頭。

「妳還記得以前在夜城，有一個叫泰莉雅．安德森的人嗎？」我問。

「不記得。嗯，不記得了。」

「我們小學有一陣子同班，他們家以前住在奧莉芙．李韋林故居，我後來去飯店應徵警衛工作的時候，是她僱用了我。」

「等一下，」卓伊說，「你說的是豪月飯店的娜泰莉雅．安德森嗎？」

「對。」

卓伊點點頭。「你應徵這份工作的時候，我們在審查過程中也有找她問過你的事，我記得訪談名單上有她的名字。」

「那都五年前的名單了，妳怎麼還記得？」

「誰知道。」她說。「反正我就是記得。」

「如果我腦子跟妳一樣好就好了。總之，其實她之前警告我不要來這邊上班。」

「我不是也警告過你嗎。」卓伊說。

「聽說她父母很久以前也在這邊工作。」我假裝沒聽到，繼續說下去。「她說她爸爸洩露了機密。」

卓伊仔細注視著我。「她說什麼？」

「她說：旅人的存在本身就造成了擾亂──」

「這是她確切的用詞嗎？」

「好像是吧。為什麼問這個？」

「這句話出自一本十年前停用的機密訓練手冊，不知道她還有沒有對別人說過這件事。她還說了什麼？」

「她說等時空研究院把我利用完以後，我就等著兔死狗烹了。」

卓伊別過頭。「在這裡工作並不容易。」她說。「我們的職員汰換率很高。別忘了，我當初可是想勸退你的。」

「妳也怕我兔死狗烹嗎？」

她沉默了很久很久，我還以為她不打算回答了。再次開口時，她沒有看我，聲音聽起來也很緊繃。「很久以前，我和一個人走得很近，她是負責調查其他案子的旅人。她犯了錯。」

「那她後來怎麼了？」

卓伊的手飄向她總是戴在脖子上的項鍊，那是一條簡單的金鍊，我以前都沒怎麼注意過它，不過從她觸碰項鍊的方式看來，那是迷失的旅人送她的東西。

「你要知道，」她說，「一個人刻意要改變時間軸，不見得表示她人很壞，可能就只是一瞬間心軟而已。真的就只是一瞬間。我說她『心軟』，其實可能就只是一瞬間有了『人性』，僅此而已。」

「那如果你刻意改變時間軸……」

「故意讓一個人迷失在時空之中並不難，舉例來說，他們可以誣陷你犯了什麼罪。如果是比較不嚴重的個案，他們可以把你丟在一個地方，讓你回不了家。」

「可是他們誣陷旅人犯罪，那，那不會對時間軸造成影響嗎？」

「研究部門有一張犯罪清單。」卓伊說。「那些都是謹慎挑選出來、仔細確認過的案件，不會造成任何大規模影響。」

（「官僚體系之所以存在，就是為了保護自己。」泰莉雅凝望著河川說。）

卓伊清了清喉嚨。「你接下來幾天行程排得很滿呢。」她說。「明天是去哪？」

「一九一二年，」我說，「去和艾德溫．聖安德魯見面。我會假扮成神父，看看他願不願意在教堂裡對我告解。」

「好。那下一站呢？」

「下一站是二〇二〇年一月，」我說，「我會和那個攝影藝術家——保羅．詹姆斯．史密斯——談談，想辦法問出關於那段奇怪影片的事情。」

她點點頭。「然後你隔天會去和奧莉芙．李韋林談話對吧？」

「嗯。」我已經把她的書都讀了遍，雖然沒有一本是我特別喜歡的，但不確定是她的書寫得不好，還是因為我一想到她就覺得心裡沉甸甸的……畢竟我們安排的訪談在那個時間點。

「你應該也知道，你會見到死前幾天的她。」卓伊說。「你會去費城訪問她，三天過後她就會死在紐約的飯店房間裡。」

「我知道。」光是想到這件事我就有點反胃。

卓伊的表情變得柔和了些。「還記得我們小時候，媽常常在我們面前引用《馬倫巴》的文句嗎？」

我點點頭，在那一瞬間回到了醫院，回到了母親在世那最後幾天。那一週我們幾乎時時刻刻待在她身邊，彷彿脫離了時間與空間領域。

「可是你會保持冷靜的吧？」從姊姊打量我的眼神看來，我知道她看見了過去的嘉柏瑞，一個遊手好閒、經常出錯的我，一個生活毫無目標、還沒有花五年時間受訓、讀書和做研究的我。

「當然會。我可是專業的。」

我瞭解奧莉芙·李韋林的生平，也瞭解她的死亡：在她一次巡迴簽書會期間爆發了大規模流行病，她就是在那次疫情當中死亡，死在大西洋共和國一間飯店的房間裡。我當下自然萌生了違規的念頭，而在三天後我進旅行室報到、讓卓伊幫我將目的地座標輸入裝置、踏進機器準備和她見面時，腦中自然而然再次浮現了違規的想法。

五、地球最後的巡迴簽書會／二〇二三年

「那個，」記者說道，「很抱歉讓妳不自在了，我沒有要刁難妳的意思。我只是很好奇，妳是不是在奧克拉荷馬市空船航廈有過什麼奇特的經歷？」

在沉默之中，奧莉芙聽見了建築輕柔的嗡嗡聲，空調與水管的聲響。若不是巡迴行程即將結束，若不是她精疲力竭，也許她不會對對方承認此事。這名記者——嘉柏瑞—賈各．勞勃茲——正仔細注視著她，她總感覺對方已經知道自己即將道出口的話語了。

「我不介意討論這件事，」她說道，「不過我擔心這部分如果寫進訪談紀錄，我會顯得太奇怪，像是刻意標新立異一樣。我接下來說的話，能麻煩你不要說出去嗎？」

「沒問題。」他說。

「我當時在空船航廈裡，正要走去搭機時，似乎經過了一個在拉小提琴的男人。忽然間，我彷彿看見閃過眼前的黑暗，接著就來到了一座森林裡。那就只維持了一秒而已，感覺真的……」

「就和妳在書裡寫的一模一樣呢。」嘉柏瑞說道。

「是的。」

「妳還記得其他細節嗎？」

「其他就沒什麼了，事情真的發生得很快。我那時感覺……說出來你一定會覺得我瘋了，但我那時感覺自己同時身處兩地。我剛剛說自己來到了森林裡，不過我同時也仍在航廈之中。」

「我就知道。」他說道。

「我不是很確定……」奧莉芙不知該如何啟齒。「這有什麼特殊意義嗎？」她問道。

記者注視著她，似乎在掙扎著找尋合適的措詞。「我說了妳大概會覺得可笑，」他故作輕鬆地說，「不過我在《偶然雜誌》的編輯希望我用趣味問答結束訪談。」

奧莉芙雙手緊緊握拳，點了點頭。

「好喔，那麼，」他說道，「這個問題應該算是和宿命有關吧？」奧莉芙注意到，他說話時滿頭大汗。「假設未來沒發生什麼無可預測的災難，假設人類科技持續進步下去，我們應該會在接下來一個世紀內發明出時空旅行技術。那假如有時空旅人出現在妳面前，叫妳拋下一切立刻回家，妳會照做嗎？」

「我怎麼知道對方是不是時空旅人？」

會議室的門開了，奧莉芙的公關經理跨步入內。

「這個嗎，我們假設這個人有某種矛盾之處。」

「例如。」

嘉柏瑞傾身向前，放輕了聲音快速回話。「舉例來說，假設這個人是成年人。」他說道。「假設這個三十多歲的成年人，名字卻出自妳短短五年前才出版的一本書，而且那還是妳自己編造出來的名字。」

「採訪還順利嗎？」艾蕾塔問道。

「非常順利。」嘉柏瑞說。「妳來得正好。」

「你可能改過名啊。」奧莉芙說道。

「的確有可能。」他對上她的視線。「但我並沒有。」起身的同時，他的語調變得輕快開朗許多。「奧莉芙，真感謝妳撥冗受訪，尤其謝謝妳花心思回答最後一個問題。我知道這種趣味問答最麻煩了。」

「奧莉芙，妳看起來好像很累。」艾蕾塔說道。「感覺還好嗎？」

「只是累了。」奧莉芙重複了她提供的解釋。

「不過妳之後會直接回家，對不對？」嘉柏瑞從容地接話。「直接從這裡去搭空船，然後直接回家，對不對？那，總之再見了。謝謝囉！」

「不是，她後面還有一場——喔，」艾蕾塔說道，「嗯，再見了！」嘉柏瑞離開了會議室。「他這個人有點奇怪呢，妳說是不是？」

「有一點。」奧莉芙回道。

「他說妳準備回家，那是怎麼回事？妳在地球還有三天行程呢。」

「我突然有急事。」

她蹙起眉頭。「可是——」

但奧莉芙此生首次聽見了如此明確的警告，首次感受到了百分之百的確信。「對不起，」她說道，「我知道這會對所有人造成困擾，但我必須去航廈搭空船了。我會搭下一班機回家。」

「什麼？」

「艾蕾塔，」奧莉芙說道，「妳也趕快回家和家人團聚吧。」

早上在一個世界醒過來，晚間卻已經到了另一個世界，這種感覺雖然突兀，卻也算不上罕見。你也許早上醒來時是人夫或人妻，配偶卻在一天內驟逝；你也許早上醒來還生活在和平年代，到了中午國家卻開戰了；你也許早上醒來仍渾然無感，到了晚間卻清楚發現流行疫病已近在眼前。你也許一早醒來，巡迴簽書行程還剩幾天，到了晚間你卻飛奔在歸家途中，就連行李箱也丟在飯店房間不顧了。

奧莉芙在車上播電話給丈夫。幸好這是自駕車，不會有司機聽到她的話語之後懷疑她精神錯亂——她此時也懷疑自己精神出了問題。「狄昂，」她說，「我接下來要請你做一件聽起來有點極端的事。」

「好喔。」他說。

「我們不能再讓希薇去上學了。」

「妳是說明天別送她去學校嗎？我還得上班呢。」

「你能不能現在去接她回家？」

「奧莉芙，這到底是怎麼回事？」

車窗外，費城近郊的公寓塔樓一閃而過。即使在幸福美滿的婚姻中，你仍無法對配偶吐露一切。「是因為最近的病毒。」奧莉芙說道。「我在飯店遇到一個人，他對我透露了內線消息。」

「什麼樣的內線消息？」

「狄昂，目前情況非常糟糕，病毒已經完全失控、大肆擴散了。」

「殖民地也是嗎？」

「每天在地球和月球之間來往的飛機有幾班？」

他吸了口氣。「好。」他說。「好，我去接她。」

「謝謝你。我在回家路上了。」

「什麼？妳要提早結束巡迴簽書，那可見情況真的很嚴重了。」

「狄昂，這真的很嚴重，感覺真的非常嚴重。」奧莉芙發現自己哭了起來。

「別哭。」他輕聲說道。「別哭。我現在就去學校，這就把她接回家。」

在出境大廳，奧莉芙找了個離其他旅客遠遠的角落，取出她的裝置。網路上沒有關於疫情的新消息，但她還是訂了三個月份的醫藥用品，接著乾脆順便訂了大量瓶裝水，以及一大堆給希薇的新玩具。待她搭上飛機時，已經花了好一筆錢，隱隱覺得自己瘋了。

離開地球是什麼感覺呢？

疾速上升遠離藍綠世界，那個世界眨眼間被雲層覆蓋。大氣層化成了稀薄的藍，藍逐漸變為靛紫，然後——他們彷彿穿過泡沫的薄膜——一切化為漆黑太空。飛往月球的時間共是六小時。奧莉芙先前在機場買了一包醫用口罩——是賣給旅途中感冒的旅客用的——此時同時戴了三張口罩在臉上，呼吸十分吃力。她的座位在窗邊，整個人幾乎蜷縮在扶手上，儘可能遠離其他人。月球地表在黑暗中升起，遠遠望去明亮潔白，近看則呈灰白色，一、二、三號殖民地不透明的穹頂泡泡在陽光下閃耀。

她的裝置輕輕「叮」一聲亮了起來，她皺眉看著螢幕上出現的預約資訊，卻不記得自己何時約了看診。然後，她明白了：是狄昂幫她預約的。他想必看見奧莉芙購買大量罐頭食品的訂單，認為她精神失常了。

接著是降落，在從地球飛往月球的高速過後，著陸時的輕柔反而很突兀。奧莉芙戴上墨鏡，隱藏眼中的淚光。但仔細想想，狄昂替她約看診也還算合理，要是狄昂出差時來電說瘟疫將至，硬要她將孩子接回家，她又接著看見共用的信用戶頭那些大筆支出，她恐怕也會擔心丈夫瘋了。奧莉芙等到最後一刻才下飛機，在空港儘量和其他人保持距離，在月臺等待開往二號殖民地的火車時也儘量遠離他人。到了火車車廂內，她盯著窗外閃過的通道燈光，隔著複合玻璃凝望月球明亮的地表。她到站時下車踏上月臺，一再伸手拉行李箱，然後才想到自己再也找不回行李箱了。

奧莉芙想起自己在德克薩斯共和國時，從襪子上拔下的小星星刺果，心中閃過了懊悔——她原本很期待希薇看見那些小東西時的反應的——不過除此之外，行李箱裡也沒什麼真正有價值的東西了，她如此告訴自己。（但她還是感到悲傷，那個行李箱已經陪伴她旅行多年，幾乎成了她出門在外時的朋友。）電車駛來，奧莉芙坐在車門附近較通風處——過去查閱的疫病資料全都湧上了心頭——電車飄過白石城市的街道，家鄉在她眼裡顯得無比美麗。街道上方的拱橋添了罕見的建築美感，大道兩旁的行道樹與塔樓陽臺上的樹木幾乎綠得不自然、綠得過分飽和，還有無數間小店與進進出出的行人——每個人都沒戴口罩、沒戴手套、絲毫不知災難將至——看見他們時奧莉芙真的受不了了，她真的再也承受不了這一切了，卻還是得承受下去。她靜靜哭泣著，所以沒有任何人靠近。

她提前下車，在陽光下走了十條街的距離回家。二號殖民地的穹頂展示出她最愛的天空景色，輕巧白雲映著深藍背景。此時只缺行李箱輪子滾過鵝卵石路面的聲響。

奧莉芙轉過彎，她住的建築群就在前方，一排方形白建築，以及從二、三樓通往人行道的外部樓梯。她爬上二樓，只覺得這一切都不像真的。她怎能這麼早回家呢？怎能拋下滿箱行李呢？難道就因為一個記者說了關於時空旅行的天方夜譚？她舉手準備敲門——鑰匙都在行李箱裡，留在了地球——卻在此時全身凍結。要是傳染源已經沾在她的衣服上了呢？她脫下外套、鞋子，然後——在短短片刻的遲疑過後——脫下長褲與上衣。她低頭望向街道，一名路人快速別過視線。

她打了電話給狄昂。

「奧莉芙，妳在哪裡？」

「你可不可以把門鎖打開，然後帶希薇進臥室裡待著，在我進去以前都先別出來？」

「奧莉芙……」

「我怕傳染給你們。」奧莉芙說。「我現在在家門外了，但在你們抱我之前我想先洗澡。我怕衣服上也有病原。」她的衣物都一灘灘堆在了腳邊。

「奧莉芙。」他說，奧莉芙聽見他語音中的沉痛。他以為奧莉芙身心狀況極差，且不是疫情將至的緣故。

「拜託了。」

「好。」他說。「我照做就是了。」

門鎖「喀擦」一聲開啟，奧莉芙耐著性子慢慢數到十，這才進屋。她將裝置與內衣褲丟在地上，直接進淋浴間沖澡，先是用香皂把全身上下刷了一遍，接著找到消毒酒精，把自己進屋後碰過的每一個平面都消毒一次。她把空氣清淨機開到最強，打開所有窗戶，然後隔著毛巾從地上撿起內衣褲，將毛巾與內衣褲都丟進垃圾處理機，接著消毒她的裝置、消毒裝置剛才碰過的地面，然後再次消毒雙手。**這就是我們從今以後的生活了**，她黯然心想，**我們只能記下自己走過的每一步、碰過的每一處**。奧莉芙深吸一口氣，勉強擺出近似鎮定的表情，然後全身赤裸、看似瘋癲地打開臥房門，女兒頓時從房間另一頭飛奔到她懷裡。奧莉芙跪倒在地，熱淚從面頰滾落到希薇肩頭。

「媽媽，」希薇說，「妳為什麼哭哭？」

因為我本該在疫情中喪命，卻收到了時空旅人的警告。因為不久後將有大量的人死去，我卻無法防止災難發生。因為這一切都不合理，因為我可能瘋了。

「因為我好想念妳。」奧莉芙說道。

「媽媽這麼想我，所以提早回家了嗎？」希薇問。

「是啊。」奧莉芙說。「我太想妳了，所以就提早回來了。」

這時，房裡突然充斥著奇怪的警報聲：狄昂的裝置發出了公共警報消息。奧莉芙隔著希薇的肩膀，看狄昂盯著裝置螢幕。狄昂抬起頭，對上她注視著他的目光。

「妳說對了。」他說道。「對不起，我不該懷疑妳的。病毒傳過來了。」

封城剛開始那一百天，奧莉芙每早將自己關在家中辦公室，坐在書桌前，然而凝望窗外比寫作容易多了。有時她沒寫出什麼，就只簡單紀錄了周遭聲景。

警報聲

寧靜；鳥語

警報聲

又是警報聲

第三聲警報？重疊了，至少兩個方向傳來的

一片寂靜

鳥語

警報聲

日子渾渾噩噩過去了：奧莉芙凌晨四點起床，趁希薇熟睡時工作兩小時，然後狄昂從清晨六點工作到中午，奧莉芙則試圖扮演老師角色，儘量讓女兒維持好的精神狀態。那之後奧莉芙再工作兩小時，由狄昂陪希薇玩耍，接著讓希薇自己用立體投影玩一個小時，雙親同時工作。之後換狄昂工作、奧莉芙陪希薇玩，然後不知怎地就到了做晚餐的時間，晚餐又會莫名其妙地融入就寢時間。晚間八點鐘希薇就睡著了，不久後奧莉芙也會上床入眠，然後聽見鬧鐘聲響，凌晨四點再次來臨，就這麼無限重複下去。

「我們可以把這想成一次機會。」封城第七十三晚，狄昂開口說道。這時奧莉芙與狄昂同坐在廚房裡吃冰淇淋，希薇已經睡下了。

「什麼機會？」奧莉芙問道。即使到了第七十三天，她仍感到些許震驚，那種不可思議的感受——疫情？**真的假的？**——還未消弭。

「我們可以考慮一下，等到能重回外面世界的時候，」狄昂說道，「我們該如何回去。」他說，有一些他不怎麼想念的朋友，他認為不必再見面了。此外，他也低調地應徵了幾份新工作。

「我們假裝這瓶氣泡水是朋友好不好。」第八十五天吃晚餐時，希薇要求道。「讓它跟我說話嘛。」

「哈囉，希薇！」奧莉芙說。她把玻璃瓶移得離希薇近一點。

「嗨，水瓶。」希薇說。

封城期間，人們有了一種新的旅遊形式——不對，用「旅遊」稱呼它不太恰當，應該說是新的一種「反旅遊」。到了晚間，奧莉芙將一系列密碼輸入裝置，戴上覆蓋雙眼的頭罩，進入立體成像空間。從前，人們曾認為立體投影會議將會是未來大勢——何苦花時間金錢旅行呢？你可以直接將自己傳送到空空蕩蕩的銀白色房間，在那古怪的空間和同僚閃爍不定的模擬形影交談，那不是很方便嗎？然而，人們發現那種非真實的互動極為死板。狄昂的工作需要長時間開會，所以他每天有六個鐘頭都在立體成像空間度過，每到晚間總是累得心神不寧。

「我也不曉得為什麼這麼累。」他說道。「怎麼比普通會議累這麼多？」

「應該是因為它不是真的吧。」時間非常晚了，夫妻一同站在客廳窗前，望向下方空無一人的街道。

「可能是吧。原來真實感比我們想像中重要得多。」狄昂說道。

那場巡迴簽書會——所有巡迴簽書會——的矛盾之處在於，奧莉芙無時無刻不心懷感激，卻也總覺得眼前出現太多張面孔了。她從小就害羞內向，巡迴時一張又一張又一張臉不停出現在眼前，大多數人都親切和善，但全都不是她想見到的臉。即使才剛上路幾天，奧莉芙想見的人就只剩希薇與狄昂兩人了。

然而，當世界限縮到公寓內部的長寬高、人口限縮到家中三人之時，她又開始想念外頭那些人了。之前那個想寫書、喜歡會說話的老鼠的計程車司機，不知道後來怎麼了？奧莉芙甚至沒問過那個女人的名字。還有艾蕾塔呢——艾蕾塔裝置設定的自動回覆已經好幾週沒更新了，令她憂心不已——還有她上次巡迴遇到的其他幾位作家呢？那個易卜．穆罕默德，還有潔西卡．瑪利？開車穿行塔林市時，那個唱著古老爵士歌曲的計程車司機，後來怎麼了？布宜諾斯艾利斯那個刺青的女人呢？

封城期間，二號殖民地成了全然凍結的奇怪所在，除了救護車警報音與電車載著戴口罩的醫護工作者輕聲駛過以外，城市裡毫無聲響。除了從事必要工作或需要就醫者以外，所有人都不得外出，但到了第一百天那晚，奧莉芙趁希薇睡著後悄悄溜出廚房側門，進入外面的世界。她悄然無息地快速下樓，進到花園，在一棵形狀像雨傘的小樹下坐了下來，直接坐在草地上。此時她和人行道之間只有幾英寸距離，不過被樹葉藏住了身影。她非常不適應離開公寓的感覺，雖然確信外頭空氣沒有變化，不過在地球待過一段時間後，她總覺得月球殖民地的空氣不太對勁，似乎過濾得太乾淨乏味了。她在戶外待了一個鐘頭，然後又悄悄溜回家中，心裡多了某種尋獲真相的感覺。那之後，她每晚都偷溜出門，在傘樹下靜靜坐著。

在她違規出門的其中一夜，那名記者出現了。他在奧莉芙心目中一直都會是「最後的記者」，《偶然雜誌》的嘉柏瑞—賈各·勞勃茲。在他出現那一晚，奧莉芙盤腿坐在傘樹下的草皮，努力不去想著當天的數字——當日光在二號殖民地就有七百五十二人死亡，三千四百五十八個新病例——試圖放下所有有意識的思考。就在此時，她聽見輕輕走近的腳步聲。她不認為那是巡邏警員——他們都是兩兩一組在街上巡邏——不過封城時期違規外出的罰金可不低，於是她保持全身靜止，儘量壓低呼吸聲。

腳步聲停了下來，近到奧莉芙看得見那人在人行道上的斜影。對方會不會感知到她的存在了？不可能吧。還有另一個人——另一個人的腳步聲——從反方向逐漸走近。

「卓伊？妳怎麼會來這裡？」奧莉芙立刻認出了男人的聲音，胸中氣息一滯。

「這是我該問的問題吧。」另一個人說道。她是女性，和男人擁有相同的口音。

「我五分鐘前在旅行室不就告訴過妳了嗎，」嘉柏瑞說道，「我想訪問一個之前採訪過奧莉芙．李韋林的文學學者，做進一步確認。」

「我就覺得奇怪，你才剛訪問過她，怎麼會馬上就要再做一次沒有預先安排好的旅行。」女人說道。

嘉柏瑞沉默半晌。「妳不是不再旅行了嗎？」好一段時間後，他終於開口說。

「是啊，不過這種情況算是例外吧。嘉柏瑞，你怎麼可以亂來？」

「我本來只打算和她說說話的。」嘉柏瑞說道。「我真的是打算照計畫做的，可是卓伊，我真的沒辦法，我沒辦法看著她白白送死。」

那之後是片刻沉默，奧莉芙想像那兩個莫名其妙的人直視著她家客廳的窗戶。她也抬頭望去，不過從這個角度只看得見斑駁枝葉之間一塊塊客廳天花板。

「妳以前不是警告過我嗎。」他靜靜說道。「妳說過，從事這份工作的人不能有人性。妳說對了，這真的不是有人性的人做得來的工作。」

「你還是別回現代吧。」卓伊說道。

什麼？

「我當然要回現代了。」嘉柏瑞說。「我不能逃避後果。」

「可是這次的後果會很恐怖。」卓伊說道。「我已經見識過旅人犯錯的結局了。」

又是一段沉默。嘉柏瑞沒有回應。

「這個時代的夜城好美。」他終於說道。

「是啊。」奧莉芙聽得出她在哭泣。「它還沒成為夜城。」

「嗯。」他說。「穹頂照光還沒壞掉，而且我們腳下這是鵝卵石嗎？」

「對，」卓伊說，「應該是。」

「巡邏的人來了。」嘉柏瑞忽然說道，兩人一同快步離去，就這麼消失了。

他們離開之後，奧莉芙在陰影中、在詭異的情境中待了許久，許久。就她的理解，她本該在疫情中死去的，卻被嘉柏瑞拯救了。他不也對奧莉芙表明自己的身分了嗎？**假如有時空旅人出現在妳面前。**

那晚，她上網查詢「嘉柏瑞—賈各．勞勃茲」，結果都是關於她作品的文章，其中包括《馬倫巴》的原書與電影改編版的相關資料。她查了《偶然雜誌》，在官網上看見數十篇文章，但她越查越覺得這不過是表面功夫而已，網站已經很久未更新，社群媒體帳號也久無音訊了。

某個小聲音傳來，嚇得她微微一跳，抬頭看見是穿著獨角獸睡衣站在門口的希薇。

「啊，寶貝，」奧莉芙說道，「都已經半夜了，來，我帶妳回去睡覺好不好？」

「我失眠了喔。」希薇說。

「那我陪妳坐一會。」

奧莉芙抱起女兒，感受懷裡溫暖的重量，將她抱回房間。女兒房裡的裝潢擺設全都是藍色的，奧莉芙為她蓋上靛藍羽絨被，在她身邊坐了下來。**我本該在疫情中死去的。**

「可不可以玩魔法森林？」希薇問。

「當然可以囉。」奧莉芙說。「我們玩個幾分鐘，等妳睏了就睡覺好不好？」希薇開心得全身一抖。魔法森林是她們最新的發明，希薇以前都沒什麼幻想朋友，但在封城期間她創造了滿是幻想好友的王國，自己則是他們的女王。

「我睏了我們就停。」希薇同意道。「我要睡著以前就停。」

「魔法門開了。」奧莉芙說，這就是遊戲的開始。希薇房間位於建築後側，比奧莉芙的辦公室安靜，但還是隱隱聽得見救護車淒厲的響聲。

「誰來了？」希薇問。

「魔法狐狸從門裡跳出來。『希薇女王，』魔法狐狸說，『快來啊！魔法森林出問題了！』」

希薇開心地笑了，魔法狐狸是她最愛的幻想好友。「只有我可以幫忙嗎，魔法狐狸？」

「『是啊，希薇女王，』魔法狐狸說，『只有妳幫得了我們。』」

又一場演講，這次是在虛擬空間。不對，這還是同一場演講，只不過改在立體投影空間進行。（這個不存在的空間。虛空之中。）立體投影版奧莉芙出現在虛擬房間裡，滿室都是暗暗閃動的立體投影人物，眾人聚集在勉強算得上房間的極簡空間內。她凝望觀眾席數百個微微發光的投影像，他們的實體則身在地球與外星殖民地個別的房間裡⋯⋯這時她中萌生了瘋狂的想法：她彷彿在和這些人的靈魂直接對話。

「在演講結束前這最後幾分鐘，我想請各位思考一個有趣的問題。」奧莉芙說道。「為什麼近十年來，人們對末日後類型的文學作品如此感興趣呢？我非常幸運，在宣傳《馬倫巴》時得以四處旅行——」

鹽湖城的藍天，鳥兒在上空盤旋

開普敦一間飯店的屋頂，樹梢閃爍的燈光

英格蘭北部的火車站，吹過長草原的風激起了陣陣漣漪

「可以給妳看看我的刺青嗎？」布宜諾斯艾利斯那個女人說

「——過程中，我有幸和不少人談論末日後文學，人們對於這個主題引發的熱潮提出了許多理論。有一個人告訴我，這和經濟不平等有關，在一個感覺上根本就不公

平的世界裡，也許我們渴望炸毀一切、從頭來過——」

「在我看來就是這樣。」溫哥華那間老書店的書商說道，奧莉芙則忙著欣賞他的粉紅色眼鏡

「——我對這套說法不是很信服，但這的確值得我們深思。」臺下的立體投影們挪動身子、緊緊盯著她。即使這個講堂只存在於立體投影世界，即使這個房間並不是真正的房間，她還是為自己掌控氣氛的能力感到自豪。「還有另一人對我提出，這和人們心裡對於英雄主義的渴望有關，我覺得這個理論也很有趣。也許在某種層面上，我們相信如果世界終結後還能再造，如果未來發生某種可怕的災難，那也許我們自己也有再造的潛力，有機會變為更好、更英勇、更高尚的人。」

「妳不覺得有可能嗎？」布拉柴維爾那名圖書館員雙眼閃閃發光地問道，而在外頭街上——

有人在吹小喇叭，

「應該說，當然沒有人希望這種事情成真，可是在那種情況下就有英雄一展長才的機會了……」

「也有人對我提出，這和地球上發生的諸多災難有關，地球人決定在無數座城市上空興建穹頂，而在海平面上漲或氣溫上升的壓力下，也有大量人口被迫離鄉背井，拋下自己的國家，不過——」

一段回憶：在航行於兩座城市之間的空船上醒轉，

俯瞰杜拜上空的穹頂，

在那狂亂而莫名的瞬間，確信自己已然離開了地球

「——但這在我聽來也不太對。我們對世界末日感到焦慮是情有可原，當然也可能將這份焦慮投注在虛構作品之中，不過這套理論的問題在於，這份焦慮已經是長期

存在的東西了。有哪個年代的人不相信世界即將終結？

「我曾和母親發生過一段有趣的對話，她談到自己和朋友生下孩子、讓孩子誕生在這個宇宙裡，心中不免產生罪惡感。這可是二一六〇年代中期的二號殖民地，我們實在很難想像更加祥和寧靜的時代或地點了，母親和朋友們卻擔心小行星風暴來襲，擔心月球住不下去，擔心生命無法繼續在地球上存活——」

在奧莉芙童年的家中，母親喝著咖啡：

黃花桌布

雙手捧著藍色馬克杯

她的笑靨

「——我想說的是，人們總是會對末日心懷憂慮。在我看來，我們人類這個物種其實懷有一種渴望，希望自己生活在故事的高潮。這是一種自戀。我們很想相信自己獨一無二、舉足輕重，很想相信自己生活在歷史的盡頭。我們暗暗希望，在這數千年的虛驚過後，此時此刻，人類終於走到了最低谷，終於來到了世界的終末。」

在一個不復存在卻不確定會何時終結的世界裡，喬治・溫哥華船長站在發現號甲板上，焦慮地瞭望空無一人的山川地貌

「不過，這些想法又會導向另一個有趣的問題。」奧莉芙說道。「如果世界一直都處於末日呢？」

她戲劇化地停頓，眼前的投影觀眾幾乎完全靜止。「因為，我們可以合理地將世界末日，」奧莉芙說，「想像成持續而永不停歇的過程。」

一小時後，奧莉芙取下頭罩，再次在自己辦公室裡獨處。她這輩子恐怕還不曾這麼疲憊過。她靜靜坐著半晌，將物理世界的細節都收入眼底：書架、一幅幅裱框的希薇畫作、父母送她的新婚禮物——一幅描繪花園的畫——她在地球上撿到的一塊金屬，她很喜歡那塊奇形怪狀的金屬，於是將它掛在了牆上。奧莉芙起身走到窗邊，遙

望窗外的城市。白色街道、白色建築、綠樹、救護車燈。時間已是午夜，所以救護車無須鳴笛，藍紅燈光閃爍著沿街前進，然後緩緩淡去。

我本該在疫情中死去的。她沒能完全理解這件事的意涵，然而所有思緒都圍繞著這一點運轉。一輛電車載著醫護人員駛過，接著又是一輛救護車，然後外界又復寧靜。空氣中的動靜：一隻貓頭鷹悄然穿梭在黑夜之中。

「當我們思考『為什麼是現在』這個問題，」隔夜，面對另一批投影觀眾，奧莉芙演說道，「為什麼近十年來人們對於末日後虛構作品興趣倍增──我們就必須考慮到世界在這段時期發生的變化，而順著這條路想下去，必然會聯想到我們的科技。」前排一個投影人物以古怪的方式閃爍著，表示那名觀眾連線不穩。「我個人相信，我們之所以轉而向末日後故事尋求慰藉，不是因為我們受災難吸引，其實吸引我們的是幻想中的新世界。我們都暗自渴望一個較少科技的世界。」

「在疫情時期，妳身為疫情小說的作者，心裡是什麼感覺呢？我應該不是第一個問妳這個問題的人吧？」又一名記者問道。

「妳恐怕不是第一個。」

奧莉芙站在窗邊，抬頭盯著天空。二號殖民地的穹頂和一號與三號所呈現的畫面相同，同樣是時時變動的藍天與白雲，不過她遠遠望去，隱約看見天際某一塊不太對勁，那一塊天空微微閃爍著，露出穹頂外一小格漆黑太空。是這樣嗎？她也看不清楚。

「妳最近在寫什麼新作品呢？這陣子還有辦法工作嗎？」

「我在寫一部天馬行空的科幻小說。」奧莉芙說道。

「好像很有趣的樣子，可以再多透露一點嗎？」

「老實說，我自己也還不太清楚這是什麼，甚至不確定會寫成短篇還是長篇。它有點瘋瘋癲癲的。」

「我猜今年大家寫出來的作品應該都瘋瘋癲癲的吧。」記者說道。奧莉芙挺喜歡她這個人的。「妳是受什麼事情啟發嗎？為什麼決定寫科幻小說呢？」

那一塊天空絕對閃爍了一下。假如穹頂照明完全失效了，天空會是什麼模樣呢？

真是奇怪的想法。她從小看慣了大氣層的幻象，難以想像真實的天空。

「我們過去一百零九天一直處於封城狀態，」奧莉芙說道，「我可能只是想寫個離這間公寓越遠越好的故事吧。」

「就只有這樣嗎？」記者問道。「妳想要創造物理上的距離感，用這種形式在封城期間神遊外地嗎？」

「不對，應該不是。」救護車警報聲逐漸逼近，車子停在街道對面的建築前。奧莉芙轉身背對窗扉。「就只是……那個，」奧莉芙說，「我沒有刻意危言聳聽或是過分情緒化的意思，我也知道現在很多地方都是這種狀態，只不過，我看到太多死亡了。我們被死亡團團包圍，這時候我實在不想寫任何真實的事情。」

記者沒有說話。

「我當然知道所有人都面對這種處境，也明白自己其實已經很幸運了。我知道這絕對不算是最悲慘的情況，所以沒有要抱怨的意思，可是我父母都住在地球，我不知道……」她不得不停頓片刻、吸一口氣，儘量恢復鎮定。「我不知道這輩子還有沒有機會見到他們。」

兩輛救護車接連駛過，然後是一片寂靜。奧莉芙回眸望去，停在馬路對面的救護車還在那裡。

「妳還在嗎？」奧莉芙問道。

「不好意思。」記者說，語音哽咽。

「妳那邊是什麼狀況？」奧莉芙柔聲問道。她現在才發覺，記者聽起來還非常年輕。她瞥了行事曆一眼，這個記者名叫安娜貝．埃斯克巴，在夏洛特市工作。奧莉芙隱隱記得，自己久遠以前巡迴到卡羅萊納合眾國時，似乎走訪過那座城市。

「我是自己一個人住。」安娜貝說。「我們都不准出門，我真的……」她哭了起來，奧莉芙聽見她的啜泣聲。

「辛苦妳了。」奧莉芙說道。「聽起來好孤單。」她盯著窗外。救護車還是沒走。

「我已經好久好久沒和別人近距離相處了。」安娜貝說。

又一天夜裡，奧莉芙上網搜尋，在一本數百年前的學術期刊中找到「嘉柏瑞．J．勞勃茲」這個人名。這是關於監獄改革的期刊。奧莉芙接著落入瀏覽各個網站的無底洞，最後找到了地球某處的監獄紀錄：在二十世紀晚期，嘉柏瑞．J．勞勃茲在俄亥俄州犯下兩起殺人罪，被判五十年徒刑。但那份紀錄沒有附上照片，所以奧莉芙無法確定那是不是同一個人。

「所以呢，奧莉芙。」另一名記者說道。他們的立體投影同坐在銀白色虛擬房間裡，另外還有兩位作家，他們的作品同樣和流行疫病相關。四人宛如微微閃爍的幽魂。「從疫情開始到現在，妳賣出幾本《馬倫巴》了呢？」

「喔。」奧莉芙說。「我不太確定，很多本吧。」

「我知道妳賣了很多本。」他說道。「它在地球上十幾個國家、月球上三個殖民地，還有泰坦三個殖民區其中兩個，都登上了暢銷書榜。我想請妳說得更具體一點。」

「我手邊恐怕沒有銷售數據。」奧莉芙說道。其他三個投影都盯著她。

「真的？」記者問道。

「我沒想過要帶版稅報告書來受訪。」奧莉芙說。

一小時過後，訪談終於結束，奧莉芙取下頭罩，闔眼坐了半晌。從地球回家至今，她再次習慣了月球殖民地的空氣，打開窗戶時二號殖民地夜間的空氣再次顯得清新。雖然是過濾過的空氣，但外頭有植物、有流水，她的窗外有著無比真實的世界。奧莉芙許久以來首次想到潔西卡．瑪利，以及她那部為賦新詞強說愁的成長小說。妳聽著，奧莉芙很想告訴她，我們雖然是在月球長大的，但這裡才沒有什麼「不真實之苦」。即使在穹頂下生活，即使在人造的大氣層裡生活，這也仍舊是生活。救護車哭聲來了又遠去了。奧莉芙拿起裝置搜尋潔西卡的名字，發現她兩個月前在西班牙病逝了。

「媽媽？」希薇站在門口。「妳訪談完了嗎？」

「嗨，寶貝。對啊，提早結束了。」潔西卡．瑪利死時才三十七歲。

「那還有訪談嗎？」

「沒有了。」奧莉芙在女兒面前跪下來，快快抱住她。「下一場是明天。」

「那我們可不可以玩魔法森林？」

「當然可以。」

希薇期待地扭了扭身體。我本該在疫情中死去的。奧莉芙現在明白，她下半輩子所有的時間都得用來理解這個事實了。不過在此時此刻，可愛耀眼的五歲女兒燦笑著坐在她面前，而在這一刻，即使又一輛救護車的紅藍燈光在天花板一閃而過，她發現自己還是能回應女兒的笑容。這是生活在疫情時代的奇特教訓：面對死亡之時，人依然能寧靜度日。

「媽媽？我們玩魔法森林嘛。」

「好喔。」奧莉芙說。「魔法門開了……」

六、米芮拉與玟森／檔案損毀

一

順著證據追查下去。在嘉柏瑞受訓這幾年，從他打電話祝卓伊生日快樂那一晚到此刻，這句話成了引導他前進的指南針。「此刻」這個概念感覺越來越荒謬了，不過每一個時刻都可以蒸餾濃縮為一個日期，那我們姑且稱它為二二〇三年十一月三十日吧。這天在二號殖民地，在這個最後會有百分之五居民死於疫病的城市，在這個還未成為嘉柏瑞家鄉、還未成為夜城的城市裡，嘉柏瑞和卓伊快步走在街上，躲避封城的執法巡邏員。

「來。」卓伊一面說，一面將他拉到一道門前。嘉柏瑞隔著身後的玻璃門往內望，陰暗室內擺了許多桌椅，是間餐廳——或者曾經是餐廳。如今，二號殖民地所有餐廳都停業了。

他們一起擠在暗處，豎耳傾聽。嘉柏瑞只聽得見救護車聲。

「那是最重要的一條禁令，你卻明知故犯。」卓伊靜靜地說。「為什麼？」

「我不能不警告她啊。」嘉柏瑞說。

「好，」她說，「你現在的情況是：我只做了初步分析，不過目前看來，你拯救奧莉芙・李韋林的決定沒有對時空研究院造成明顯的影響。」

「這表示我不會有事嗎？」

「錯，」她說，「這表示你沒有立刻被遺棄在異時空，表示你的旅行特權還沒被撤銷，因為我們已經花了五年的時間資源訓練你，至少在這次調查中你對時空研究院可能還有利用價值。但我要是你，就會盡快把手臂裡的追蹤器弄出來，再也不回去了。」她舉起她的裝置。「我得走了。」她說。「你留在這裡，留在這個時代，我以後會想辦法來看你的。」

「等一下。拜託。」

她靜立在原處，注視著他。

「我知道妳絕對不可能做出我幹的那種事來。」他說。「可是假設妳真的做了──卓伊，假設妳站在我的立場，妳會怎麼辦？」

「我很難去想像不真實的事情。」她說。

「就不能試試看嗎？」

卓伊嘆了口氣，閉上眼睛。在那一瞬間，嘉柏瑞看著她，赫然意識到卓伊在這世界上只剩他一個人了。他們父母雙亡，她沒結過婚，即使有朋友或戀人她也從沒提過這些人。嘉柏瑞感受到一股無底深淵般的罪惡感。卓伊睜開眼睛。

「我可能會試著解開那個異常。」她說。

「怎麼解法？」

卓伊沉默了很久，嘉柏瑞以為姊姊不打算回答了。「等我一下。」她開口說。「這是我們最優秀的研究團隊花上整整一年才找到的座標。」她在自己的裝置輸入一串東西，然後嘉柏瑞聽見自己口袋裡的裝置輕輕「叮」一聲。

「我把新的目的地傳給你了。」卓伊說。「我們不知道確切時間，只知道日期和地點，所以你只能在森林裡等著。」她又將一組數字輸入自己的裝置，然後瞬間消失無蹤。

嘉柏瑞獨自站在餐廳門前，身在正確的城市，卻處於錯誤的時代。他閉上雙眼，開始思考這整個調查過程，這樣總比想著姊姊或想著他回到自己的時代會面對什麼處境來得好。他有了新的目的地。他將編碼輸入裝置，離此而去。

二

他來到了凱耶特海灘，從座標看來此時是一九九四年夏季，不過他起初還以為傳送出了問題，海灘過去八十年來絲毫沒變。他眼前仍是那兩座小島，像是水上冒出來的兩簇綠樹，在那天旋地轉的瞬間他還以為自己回到了一九一二年，穿著二十世紀早期的神父衣裝，準備到教堂和艾德溫．聖安德魯見面。

山坡上的白色小教堂從他上次來以後一直沒變——想必是近期上了新漆——不過周遭的房屋和從前不一樣了。他轉身背對村莊，目光落在了海面，只見旭日東昇，水面閃爍著繽紛的藍色與粉色波光。他喜歡海水的波動，喜歡輕柔且一再重複的浪潮。許久以來，他首次想到了母親。母親童年曾在地球上住過一段日子，在他小時候那個家中，廚房就掛了一幅地球海景照，那小小方格裡的水浪掛在了瓦斯爐旁的牆上，記得她有時會一面熬湯一面凝視著那張照片。但嘉柏瑞也意識到，大海在自己心中並沒有份量，和他的童年回憶或生命中重要時刻都無關，就只是他在電影裡看過、工作時去過的地方，他對這景色實在沒感覺。片刻過後，他轉身沿著海灘走去，跟隨裝置上輕柔閃爍的座標行走，經過岸邊最後一棟屋子，走進了森林。

和先前穿神父袍時相比，現在穿行森林輕鬆多了，但在這方面他還是沒什麼天分。腳下的地面太鬆軟，樹枝勾住了衣服，他感覺自己從四面八方受襲。這是個陽光明媚的下午，不過這天上午想必下過雨，潮溼的蕨類拉扯著他雙腿，他的鞋似乎也沒有想像中防水。裝置在他手裡輕輕閃著，表示他距離目的地非常近了。他放開剛才握著的樹枝以便細看裝置螢幕，結果被樹枝甩了一巴掌。

楓樹就在這裡了，比上次看見時添了八十二年歲數，雖然高度沒太多成長，也比過往粗碩與壯麗許多。周遭空地隨時間過去變得寬闊了，他走到楓樹的枝葉下，抬頭望向樹葉間篩落的陽光，有記憶以來第一次感受到發自內心的崇敬。

玟森・史密斯會在何時到來呢？他無法肯定時間。嘉柏瑞走出空地，掙扎著鑽進茂密的矮樹叢，在潮溼、冰涼的土壤上跪了下來，開始等待。

他保持全身靜止，默默傾聽。他不喜歡森林的另一個原因，是這地方片刻不停的種種聲音。這並非月球都市穩定不斷的白噪音——殖民地邊角裝設了機器，將區內重力增強至等同地球引力、確保穹頂內的空氣適宜人類呼吸，並製造出微風徐徐的假象。森林裡的的白噪音就沒有規律了，這種隨機性令嘉柏瑞坐立難安。時間悄悄流逝，好幾個鐘頭過去了。他肌肉痠痛，渴得要命。他站起身伸展幾次，然後再蹲回去躲著，怎麼也聽不見人聲接近……直到聲音傳來為止。下午四點過後不久，他聽見了女孩子踩在小徑上的輕巧步聲。

此時的玟森．史密斯十三歲，看起來像是用鈍剪刀自己剪了頭髮後染成鮮藍色，雙眼則畫了濃濃的黑眼影，周身透出乏人關切的氛圍。她緩慢行走，透過攝影機目鏡看著前方，藏身一旁的嘉柏瑞認出了這個畫面：他曾坐在紐約市一間劇場，觀看那場有些枯燥無趣的音樂表演，而在演出時播放的正是玟森此刻錄製的影片。女孩在樹下停下腳步，鏡頭轉向上方樹梢——

——然後現實瞬間崩毀：嘉柏瑞與玟森身在奧克拉荷馬市空船航廈回音裊裊的室內空間，只見奧莉芙．李韋林走在前方，附近傳來小提琴音。更不可思議的是，艾德溫．聖安德魯同時也在此處，抬臉看向枝枒／航廈天花板——

玟森踉蹌兩步，攝影機差點從手裡滑落。嘉柏瑞雙手緊緊摀嘴，壓下了滿腔尖叫聲，然後空船航廈就這麼消失了。他當然在抽象討論中理解了不同時刻相互交融的概念，但一次經歷兩個時刻的感覺超乎想像，而且當他考慮到這件事可能的意義，更是覺得膽戰心驚。玟森狂亂地東張西望，但嘉柏瑞蹲得很低，沒有被發現。他閉上雙眼，雙手深深埋入泥濘，竭盡全力說服自己滲入膝處布料的冷水是真的。

三

問題是，一個世界的真實性究竟從何而來？

嘉柏瑞躺在泥地裡，盯視上方與暮色相應的樹葉輪廓，感覺自己似乎在這裡躺很久了。夜幕開始降下，玟森早就走了。他費了些力氣坐起身——背好僵硬，他動也不動地在那裡躺多久了？——透過裝置傳出一則訊息：*我看到了！我看到檔案損毀了！卓伊，這是真的。*

卓伊沒有回應。他知道自己犯了什麼錯，他知道自己拯救奧莉芙・李韋林那一刻就違反了最重要的規定，心中卻還是存有一線希望——只希望這則訊息救得了他。

四

嘉柏瑞回到了自己離開的時刻，回到時空研究院第三層地下室的八號旅行室，卓伊就坐在前方的控制桌前。

「我看到了。」嘉柏瑞說。「我看到異常了。」

「我有收到訊息。」卓伊盯著他，他看得出姊姊剛才哭過。「我剛和伊樊談過。」她說。「他們要停用你了。」

「那他們要怎麼處置我？」

「他們絕不會讓你好過。」

「我知道自己犯了錯。」嘉柏瑞說。「可是如果我完成調查，他們說不定……」

「事情走到這一步，你應該做什麼都救不了自己了。」

「但可能有機會啊。聽我說，我只需要進一步確認，再一個證人就好。我需要兩個新的目的地。」嘉柏瑞踏出時光機，把裝置遞向卓伊。

她看著裝置螢幕，皺起了眉頭。「一九一八年？」

「我還有幾個問題想問艾德溫．聖安德魯。」

「為什麼偏偏要去一九一八年？他是在一九一二年目睹異常的啊。還有二〇〇七年這是怎麼回事？」

「玟森．史密斯參加過的一場派對。」他說。「這本來就在我們的次要目的地清單上。」

「但你的裝置和追蹤器現在都不能用來時空旅行了。」她說。

「卓伊。」嘉柏瑞說。「拜託了。」

她闔眼片刻，然後接過嘉柏瑞的裝置。卓伊往裝置裡輸入一些他看不到的字串，然後湊近投影畫面做虹膜掃描。「我用更高的職權暫時蓋過了停用令。」她說。她的語音異常平板，嘉柏瑞看見了她眼底的恐懼。「伊樊隨時會來，而且應該會帶著保安人員來抓你。嘉柏瑞，我不會阻止你旅行，但你要是回來，我就保不了你了。」

「我明白。」他說。「謝謝妳。」

離去的同時，嘉柏瑞聽見了敲門聲。

五

二〇〇七年冬季，嘉柏瑞踏出紐約市一間男廁，來到藝廊派對的溫暖與燈光之中。他緩緩走在人群中，儘量摸清周遭環境，同時尋找玟森・史密斯的蹤影。他知道玟森會來——歷史上有她參與這場派對的紀錄，因為房裡某處有個交際活動攝影師——不過這就表示二〇〇七年的米芮拉・凱斯勒也在。二〇二〇年那段詭異的互動過後，嘉柏瑞實在不想見她。

他望見二女站在會場另一頭，忙著欣賞一幅巨大的油畫。他從小圓托盤拿起一杯紅酒，走到一旁盯著另一幅畫，思索著下一步怎麼走。周圍人群令他非常不自在，即使接受過文化敏感度訓練，這些人在流感季握手、吻頰的行為仍舊荒謬。他提醒自己，這些人都不曾直接經歷過大規模疫情，在場沒有人年紀大到記得一九一八到一九一九年的冬季，伊波拉病毒過幾年才會肆虐，而且影響範圍主要侷限在大西洋對岸，而Covid-19還是十三年後的事情。嘉柏瑞開始慢慢沿著房間邊緣移動，悄悄靠近玟森。

二〇〇七年的玟森生活富裕，周身籠罩著高雅與自信的光輝，和他剛才在凱耶特見到的藍髮細瘦少女有著天壤之別。她和米芮拉手挽手站在油畫前，不過嘉柏瑞現在仔細一看，才發現她們根本沒在看畫，而是在說悄悄話。米芮拉輕笑一聲，兩人似乎相纏在一起、密不可分，嘉柏瑞看在眼裡只感到絕望。但就在這時，玟森暫時和米芮拉分開，去和別人打招呼，米芮拉則轉身尋找丈夫的身影。機會來了。

「玟森？」

「你好。」她面帶溫暖親切的笑容，嘉柏瑞立刻就對她產生了好感。

「抱歉打擾妳了，我是在幫一位藝術收藏家做調查工作，不介意的話，能不能問妳關於妳哥哥保羅那些影片的問題？」

她的注意力集中在了嘉柏瑞身上，同時也睜大了雙眼。「我哥哥？我都沒想到——我都不知道他有在拍影片。他是音樂家，算是作曲家吧。」

「我想也是。」他說。「我不認為那些影片是他拍的，我覺得是別人拍的。」

她秀眉微蹙。「可以描述一下那些影片嗎？」

「這個啊，有其中一段是這樣的。」嘉柏瑞說。「攝影師走在一座森林裡，我猜是在不列顛哥倫比亞。那天是晴天。從畫面品質看來，我猜是在一九九〇年代中期錄的。」

玟森的眼神變得柔和一些，嘉柏瑞感覺自己像在催眠她。「攝影師走在一條小徑，」他接著說，「朝一棵楓樹走去。」

她點點頭。「我以前常常在那條小徑錄影。」她說。

「這段影片裡發生了奇怪的現象，好像有什麼怪東西閃了過去，」嘉柏瑞說，「畫面瞬間變暗，像是錄影帶壞掉的樣子——」

「看起來像壞掉一樣，」玟森說，「但那並不是錄影帶的問題。」

「妳也看到了？」

「我聽見一些奇怪的聲響，周遭瞬間一片漆黑。」

「那妳聽見了什麼？」

「小提琴音樂。然後是類似氣體的呼聲。我也說不出是怎麼回事。」她忽然目光聚焦。「抱歉，」她說，「你說你叫什麼名字？」

她丈夫從人群中走來，將一杯酒遞給了玟森，嘉柏瑞趁她分神的瞬間悄悄溜走。他此時的感受混雜了疲倦與狂喜，剛才用裝置錄到證實異常事件的訪談了，而且和他自己觀察到的現象相符。從這莫名其妙、似乎永無止盡的日子一早，從採訪奧莉芙．李韋林到現在，他首次萌生了自己還有救的想法。

但是，嘉柏瑞走到男廁門前時遲疑了，他轉身凝視著派對會場，內心的喜悅消散無蹤。卓伊之前就警告過他了，他知道在場所有人的故事結局，沉重而痛苦的知識壓在他心頭。嘉柏瑞掃視會場所有人，這輩子第一次感受到了滄桑。

玟森與丈夫碰了下酒杯。十四個月過後，阿卡提斯會因主導大規模龐氏騙局被捕，保釋後拋下玟森逃亡到杜拜，最後在各家飯店裡度過悠長餘生。

玟森會再活十二年，然後某天離奇失蹤在貨櫃船上。

不遠處，米芮拉正在和丈夫費薩交談。費薩投資了強納森的假計畫，等到一年後假象土崩瓦解，他和受他鼓勵投資強納森的親人都將失去一切。費薩會選擇自殺。

米芮拉會發現他的遺體與遺書，然後在紐約市繼續住十年，直到二〇二〇年三月因未知理由前往杜拜，不巧因新冠肺炎疫情受困。她會在下榻的飯店裡認識另一位旅客——席姆許・江——一段時日過後兩人會同回他在倫敦的家。他們將在疫情中存活下來，婚後生下三個孩子，就此共度餘生。米芮拉會在零售管理業一展長才，在丈夫因交通事故身亡的一年後，八十五歲的她則會死於肺炎。

然而，無論寫得多麼詳細，一個人的生平故事終究不可能寫得盡善盡美。在那個結局到來前，在米芮拉失去費薩前，在這座濱海城市的這場派對前，她曾經是生活在俄亥俄州的孩子。嘉柏瑞全身一顫，想起了二〇二〇年一月，米芮拉在公園裡注視著他的眼神。**那時候在高架道下。**她語氣篤定地對他說道。**在俄亥俄州，在我小時候。**不僅是這樣，她還說那時的嘉柏瑞被逮捕了。

他把一九一八年當成最後一趟時空旅行，有機會解救自己的方法他全都試過了，而在一九一八年以後，他打算回家面對後果。但現在看著米芮拉，他發現已經太遲了。他的下一站是一九一八年，可是在那之後，還會有最後一個目的地。

七、僑居海外／一九一八年、一九九〇年、二〇〇八年

二

一九一八年的艾德溫一個兄長也不剩，腳也只剩一隻了。他和雙親生活在莊園裡，時時坐立難安地外出散步，名義上是為了改善步姿——他裝了義肢，行走時總是蹣跚踉蹌——實際上卻是因為自己一旦停止動作，敵人便會來襲。他日日夜夜行走。睡夢必然會將他傳送回戰場壕溝，於是他避免睡眠，也因此經常意外遭睡意伏擊：在圖書室閱讀時、坐在花園時，甚至有一兩度在用晚餐時。

父母不知該如何和他交談，甚至不知該用何種眼神看他。他們不能再指控他遊手好閒了，因為如今他已是戰爭英雄，卻同時也是殘障人士。身邊所有人都看得出，他狀況極差。

「親愛的，你變了好多。」母親輕輕說道。他不確定這是讚美、指控或單純的觀察結果。他從小就不擅長解讀他人心思，現在更是無可救藥了。

「這是因為，」他說道，「我看了一些不想看到的東西。」真是整個二十世紀最他媽輕描淡寫的一句話。

儘管如此，他比起過去更能同理母親的心情了。當亞碧嘉晚餐吃到一半飄然離席，當話題轉向帝國殖民地時，當兒子們過去惡意稱為「英屬印度臉」的表情浮現時，艾德溫終於看得透澈了，母親這是在哀悼逝去之物。他至今仍對印度帝國的種種毫無好感，但這無法抵銷母親失去了一整個世界的事實。她從小看到大的世界不復存在了，而這並非她的錯。

有時在花園裡，他喜歡和吉伯特說說話，但其實吉伯特已經死了。吉伯特與奈爾在索姆河戰役中先後喪命，陣亡時間只相隔一天，而艾德溫則在帕森達勒戰役中存活了下來。不對，「存活」一詞用得不對。艾德溫仍有心跳呼吸的肉體從帕森達勒回來了。他現在都只將自己的軀體想像為機械：他的心臟沒死，仍在胸腔鼓動，他的肺還在呼吸，除了缺一隻腳以外，他的肉體相當健康。然而，他在根本上並不健全。活著存在這世上太過困難。

「這種情況並不少見。」他成天躺在床上的最初那數週，曾聽見醫師在臥房外的走廊上說道。「去到那兒、進了戰壕的年輕人們，呃，他們有些人看見了沒有任何人該看見的事物。」

他並未全然投降。他仍在努力。如今，他早上會下床更衣，會吃餐桌上出現在自己面前的食物，然後在力氣用盡後，餘下時間都在花園裡度過。他喜歡坐在樹下的長椅，和吉伯特說話。他當然知道吉伯特不在身邊——他還沒有那般淪陷——但除了哥哥之外他也沒有其他說話對象了。他在英國曾經有過朋友，不過現在有一個去了中國，其他朋友全都死了。

「你和奈爾死了，」他告訴吉伯特，「這下要由我來繼承爵位和家產了。」他為自己的漫不在乎感到驚訝。

事情發生得很突然，令他全身一震。他一早走進圍牆內的花園，就看見一名男子坐在長椅上等著他。在那一拍心跳的瞬間，他還以為是吉伯特——事已至此，感覺什麼事都有可能成真了——但是他走近一看，卻發現男人的真面目比自己想像中更加離奇：他是當年在英屬哥倫比亞極西隅，那個假扮為神父出現在小教堂的男人。沒錯，就是當年那個身穿教士衣袍的陌生人，艾德溫事後詢問旁人，除了自己以外沒有任何人見過或聽過他這號人物。

「來。」男人說道。「請坐。」又是那難以捉摸的外地口音。

艾德溫在他身旁的長椅上坐下。

「我還以為你是我幻想出來的。」艾德溫說道。「我後來看見派克神父，問起方才和我談話的新神父是誰，結果派克用見鬼的眼神盯著我瞧，一副看到我冒出了第二顆腦袋的模樣。」

「我的名字是嘉柏瑞—賈各．勞勃茲。」陌生人說道。「我恐怕只能待幾分鐘，但還是想和你見一面。」

「為什麼只能待幾分鐘？」

「我等等有約了。要是把細節告訴你，你一定會覺得我瘋了。」

「我現在恐怕沒資格評判別人的精神狀況了，不過我想請教一句，你為什麼鬼鬼崇崇地躲在我的花園裡？」

嘉柏瑞猶豫片刻。「你之前去了西線戰場，對吧？」

泥濘。冰雨。爆炸、強光、各種東西從天而降，然後其中一件物事砸在他胸口，他低頭就認出了摯友的手臂——

「比利時。」艾德溫咬緊了牙關承認道。

事實上，那個男人對他而言並非「摯友」。砸到他外套上、落在他腳邊的東西，是他愛人的手臂。愛人的頭顱落在了附近的泥地裡，雙眼仍驚愕地圓瞪著。

「現在，你擔心自己失心瘋了。」嘉柏瑞小心翼翼地說道。

「老實說，我的神智一直都有些脆弱。」艾德溫說道。

「你還記得從前在凱耶特森林裡看見的東西嗎？那是好幾年前的事了。」

「那件事我還清楚記得，但它終究只是幻覺罷了，而且恐怕是眾多幻覺之中第一個找上門的。」

嘉柏瑞沉默了半晌。「我沒辦法把這件事的原理解釋明白。」他說道。「我姊姊說不定可以，但我到現在還是沒辦法。可是我要告訴你，不論你後來遇上了什麼事，不論你在比利時看見了什麼，其實你可能比自己想像中神智正常得多。我可以跟你保證，你在凱耶特看到的東西是真的。」

「那我怎麼知道你是真的？」艾德溫問道。

嘉柏瑞伸出手，觸碰艾德溫肩膀。他們就這般靜靜坐了一會兒，艾德溫盯著搭在自己肩頭的手，然後嘉柏瑞移開了手，艾德溫清了清喉嚨。

「我在凱耶特那段經歷不可能是真的。」艾德溫說道。「那不過是感官錯亂而已。」

「是嗎？我認為，你聽見了二一九五年的空船航廈裡，一位小提琴家演奏的音樂。」

「空船……二一什麼年？」

「接著是在你聽來應該非常古怪的聲音，那像是一種呼嘯聲，對吧？」

艾德溫愕然盯著他。「你怎麼知道？」

「因為那是空船的聲音。」嘉柏瑞說道。「空船是好一段時間後才會發明出來的東西。至於小提琴音樂嗎……那是一首搖籃曲，對不對？」他靜了片刻，然後輕輕哼了幾個音。艾德溫緊緊抓住長椅的扶手。「那首搖籃曲的作曲家再過一百八十九年才會出生。」

「這一切都不可能。」艾德溫說道。

嘉柏瑞嘆息一聲。「你可以把這個想成……呃，想成是『損毀』。不同的時間點可能會互相影響，造成損毀，雖然瘋狂，但不是你的問題，你不過是目睹了這件事而已。你對我的調查很有幫助，我又擔心你現在精神狀況不穩定，所以想來告訴你，你的頭腦可能比自己想像中清楚，希望你聽我說完這些心裡能好過一些。至少，在那件事情發生的當下，你沒有出現幻覺，而是經歷了異時空的另一個時刻。」

艾德溫的目光飄離男人的臉，落在九月略顯衰敗的花園裡。此時的鼠尾草幾乎完全枯萎，只剩下乾枯的草稈與葉片，最後數朵藍紫色小花在逐漸黯淡的光線下孱弱綻放。在這一刻，他明白了自己從今以後能過上何種生活：他能安安靜靜地在此度日，照料園中花草，也許有一天能為此心滿意足。

「謝謝你告訴我這些。」艾德溫說道。

「別告訴任何人。」嘉柏瑞站起身，撥掉沾在外套上的落葉。「否則你會被關進瘋人院。」

「你要去哪？」艾德溫問道。

「我和人在俄亥俄州有約。」嘉柏瑞說道。「祝你好運。」

「俄亥俄州？」

但嘉柏瑞已經轉身離去，繞過屋子一角消失了。艾德溫目送他遠去，然後在長椅上待了良久、良久，在逐漸流逝的一個個鐘頭看著花園染上暮色。

二

嘉柏瑞繞過房屋轉角，站在垂柳下的陰影中盯著裝置，看見螢幕上散發微光的訊息：**回來**。他已經沒有下一站，現在除了回家以外無處可去了。在那瘋狂的一剎那，他腦中冒出了留在一九一八年的念頭，他可以把裝置埋在花園裡、挖出手臂裡的追蹤器，冒險面對流感疫情並試圖在陌生世界開拓新生活……但在這麼想的同時，他已經輸入編碼，已經離此而去，睜眼時映入眼底的是時空研究院刺眼的燈光。他看見聚集在眼前的幾人時絲毫不訝異，只見這些身穿黑制服的男女手持武器等著他。真正意外的是，奧莉芙·李韋林的公關經理居然站在伊樊身邊，在場沒穿制服的就他們兩個人。

「艾蕾塔？」

「你好啊，嘉柏瑞。」她說。

「請別動。」伊樊說。「不必離開機器。」他雙手交扣在背後。嘉柏瑞沒有走出時光機。在旅行室後方——他伸長了脖子才看見黑衣人身後的情景——有兩個男人抓著卓伊不讓她靠近。

「我都沒猜到妳的身分。」嘉柏瑞對艾蕾塔說。

「那是因為我夠稱職，」艾蕾塔說，「沒到處跟別人說自己是時空旅人。」

「也是。」嘉柏瑞感覺有點癲狂。「對不起。」他對卓伊說。「對不起，我騙了妳。」但她已經被押出房間，房門在她身後關上了。

「你騙了她？」伊樊問。

「我跟她說我回一九一八年是為了調查異常，其實就只是想救下艾德溫·聖安德魯，免得他死在瘋人院而已。」

「搞什麼啊，嘉柏瑞？你又犯罪了？有人手邊有最新版生平紀錄嗎？」艾蕾塔皺眉盯著自己的裝置。「更新版紀錄。」她說。「嘉柏瑞去訪問他過後三十五天，艾德溫・聖安德魯死於一九一八年的流感。」

「那不是和之前一樣嗎？」伊樊伸手拿過她的裝置，花了一點時間閱讀，然後嘆息著把裝置交還給她。「你要是沒改變時間軸，」他對嘉柏瑞說，「他還是會死於流感，只不過是晚了四十八小時、在瘋人院裡死去。你沒發現自己做的這些都毫無意義嗎？」

「那不是重點。」嘉柏瑞說。

「也許是我不懂吧。」伊樊眼裡是不是閃爍著淚光？他看上去疲憊又緊繃。他是個想當樹木醫師的男人，一個處境艱難的男人，從事著困難的工作。「你有什麼想說的話嗎？」

「我們已經走到遺言這一步了嗎，伊樊？」

「這是你在這個世紀的遺言。」伊樊說。「在月球上的遺言。你接下來恐怕得去到非常遙遠的地方，不會再回來了。」

「可以幫我照顧貓嗎？」嘉柏瑞問。

伊樊錯愕地眨眼。

「好，嘉柏瑞，我幫你照顧貓。」

「謝謝你。」

「還有別的嗎？」

「再給我一次機會的話，我還是會走這條路。」嘉柏瑞說。「甚至不會猶豫。」

伊樊嘆了口氣。「我明白了。這樣也好。」他剛才藏在背後的手裡握著一個玻璃瓶，現在他舉起瓶子，往嘉柏瑞臉上噴了些什麼。一股甜香飄來，燈光忽然黯淡，然後嘉柏瑞雙腿一軟——

三

——就在意識淡去之時，他似乎感覺到伊樊跟著踏入時光機——

四

——接連傳出的兩聲槍響——

腳步聲，一個男人轉身遁逃——

嘉柏瑞在一條地道裡，兩頭有亮光，不僅有亮光還有白雪——

不對，不是地道，而是高架道之下。他聞到二十世紀汽車的廢氣。剛才不曉得被噴了什麼，他好睏。他背靠著路堤。

伊樊也在，穿著深色西裝的他顯得鎮定又俐落。「嘉柏瑞，對不起了。」他輕輕說，溫暖的氣息吹在嘉柏瑞耳邊。「真的。」他從嘉柏瑞手裡拿走裝置，取而代之的是某個堅硬、冰冷、沉重得多的東西——

一把槍。嘉柏瑞好奇地看著它，而逃跑的男人——他隱隱意識到，那是真正的槍擊犯——手忙腳亂地跑遠，消失無蹤了。伊樊也這麼消失了，像是一閃而逝的鬼魂。

空氣很冷。

他聽見腳邊一聲輕輕的呻吟。嘉柏瑞沒辦法保持清醒，他的眼皮好沉重。但他看見倒在附近的兩個男人，他們身下水泥地上的血灘逐漸擴大，其中一個人直直盯著他。男人臉上清楚寫著疑惑——你是誰？你是從哪來的？——可是他已經無法言語了，然後嘉柏瑞看著他眼中的神彩褪去。嘉柏瑞在高架道下，和兩個死人獨處。他失去意識片刻，睜眼時發現自己盯著手裡的槍，腦中的拼圖逐漸拼湊起來了。故意讓一個人迷失在時空之中並不難，在另一個世紀，卓伊這麼說過。何必費力把一個人終身監禁在月球上呢？他們可以把那個人傳送到別處去，誣陷他犯罪，然後讓別人花錢監禁他，那多省事啊。

他感覺到左手邊有動靜，很慢很慢地轉頭，就看到兩個孩子。兩個小女孩——可能分別是九歲和十一歲吧——牽著手站在那裡。她們正想從高架道下方穿過，現在停在了離嘉柏瑞一段距離的位置，盯著他。他看見女孩們的背包，意識到她們在放學回家途中。

嘉柏瑞讓手槍從手中落下，它像人畜無害的東西似地喀啦落地。燈光洗刷著他，紅色與藍色閃個不停。女孩們盯著兩個死人，然後年紀較小的那個女孩看向他，他認出了她。

「米芮拉。」他說。

五

即使是恆星之火也終將湮滅。多年後，嘉柏瑞在監獄牆上刻了這句話，但他刻得很小心，遠遠看去只像是油漆斑駁。你得湊近才看得到這行字，還得經歷過二十二世紀或更後期的時代才能明白它的意義。你得看過二十二世紀那場記者會，看過中國總統在和她關係最近的世界領袖們簇擁下站在臺上，看過他們身後在明豔藍天下獵獵飛揚的旗幟。

監獄裡多得是時間，嘉柏瑞擁有了無限光陰，於是花不少時間思索過去——不對，是未來。他想著自己帶著杯子蛋糕與鮮花，走進卓伊辦公室幫她慶生的那一刻，以及後續發生的一切。此刻的一切都不堪想像，他被囚禁在錯誤的世紀，未來想必會死在這裡。但是，隨著一個個月份過去，隨著一年又一年逝去，他發現自己其實不怎麼後悔。無論從哪個角度想那件事，他當初警告奧莉芙．李韋林疫情將至，那絕不是錯事。如果有人在你面前溺水，你當然有義務救人。他問心無愧。

「勞勃茲，你在那邊寫了什麼啊？」海茲頓問。海茲頓是和他同室的獄友，年紀很輕，經常來回踱步、話說個不停。嘉柏瑞不怎麼介意他。

「即使是恆星之火也終將湮滅。」嘉柏瑞說。

海茲頓點點頭。「我喜歡。」他說。「這就是正面思考的力量，對吧？你雖然關在牢裡，可是也不會永遠關著，因為世界上沒有『永遠』這回事嘛，你說是不是？像我啊，每次覺得灰心，我就——」他繼續說了下去，但嘉柏瑞沒再聽進去了。這些年來，他感到意外地平靜。每到傍晚時分，嘉柏瑞喜歡坐在床尾的一角，幾乎要從床上跌到地上了，因為從這個角度望去，他能瞥見窗外一條細細的天空，以及遠在天邊的月球。

八、異常

一

這就是預言的末日嗎？

奧莉芙・李韋林那本小說──《馬倫巴》──裡頭的這一句話，其實出自莎士比亞的劇作。入獄五、六年後，我在監獄圖書館找到了這本書，那是本缺了封面的平裝書。

二

即使是恆星之火也終將湮滅。

三

六十歲生日過後不久，我的心臟出了某種問題，這在我那個年代是很容易解決的小毛病，在這個時間地點卻十分危險，於是我被轉移到了監獄醫院。我躺在病床上看不見月亮，所以也只能閉上眼睛，在腦中播放老電影：

在夜城徒步上學的路上，經過奧莉芙・李韋林故居，客廳窗戶用木板封住了，門邊插著告示牌；

穿著神父服裝站在一九一二年的凱耶特教堂裡，等著艾德溫・聖安德魯踉蹌走來；

五歲時，在夜城穹頂與圓周路之間那一小條荒野追逐松鼠；

十五歲時一個沒有太陽的午後，和伊樊在學校後面偷喝酒，那天下午感覺有那麼點危險，

但我們其實也就只是喝得微醺，說了幾句無聊的笑話而已；

六七歲時，和母親手牽著手、歡笑著走在陽光下的夜城街道上，走上行人拱橋時停下腳步，俯瞰下方閃爍著光點的漆黑河流——

「嘉柏瑞。」

我感覺到手臂一陣刺痛，忍不住倒抽了一口氣，差點痛呼出聲，卻被人摀住了嘴。

「噓。」卓伊小聲說。她看上去四十出頭，身上穿了護士制服，剛才她切開我的手臂移除了追蹤器。我愣愣盯著她，無法理解狀況。

「我會把這個放在你舌下。」她說。她把東西舉起來給我看：是新的追蹤器，和她塞到我手裡的新裝置是一組。她剛剛拉上了我床邊的掛簾。她把自己的裝置和我的裝置貼在一起，一兩秒過後，兩臺機器開始同步快速閃燈。我盯著那些燈光——

四

——然後我們來到了另一個房間，另一個地點。

我躺在木地板上，這地方看起來像臥房，似乎是樣式古老的房屋。我的手臂還在流血，我下意識把它護在胸前。陽光從窗戶灑了進來。我坐起身。牆上貼著玫瑰圖樣壁紙，房裡擺著木製家具，我看見一道門，那後面是有著淋浴間和馬桶的小房間。

「這是什麼地方？」

「這是奧克拉荷馬市外圍一座農莊。」她說。「我付了一大筆錢給屋主，所以你可以無限期寄宿在這裡。現在是二二七二年。」

「二二七二年。」我說。「所以再過二十三年，我就會去奧克拉荷馬市訪問那個小提琴家了。」

「對。」

「妳是怎麼來的？時空研究院應該沒批准妳這趟旅行吧。」

「我那天被逮捕了。」她說。「就在你被送往俄亥俄州那天。我在研究院有終身職，除了這次以外都保持優良紀錄，所以沒被遺棄在異時空，但我還是在牢裡關了一年，出來之後就移民到邊遠殖民地去了。時空研究院以為他們擁有世上唯一可用的一臺時光機，但他們錯了。」

「所以邊遠殖民地也有時光機嗎？他們就直接讓妳用嗎？」

「我受僱於……那裡另一個組織。」她說。

「可是妳有不良紀錄耶？」

「嘉柏瑞，」她說，「這份工作沒有人比我更在行了。」她說得平鋪直敘，完全沒有炫耀的意思。

「其實，我到現在還不知道妳做的是什麼工作。」

她裝作沒聽到。「這份任務是我對邊遠殖民地這個組織提出的條件，他們支援我完成任務，我才會接下工作。」她說。「對不起，我沒能早點來找你。應該說，我沒能來到更早的時間點。」

「沒關係。不對，應該說謝謝妳。謝謝妳回來救我。」

「嘉柏瑞，這邊應該很安全，我也幫你準備了假的文件記錄。你好好安頓下來，和鄰居認識認識吧。」

「卓伊，真的很謝謝妳。」

「換作是你也會這樣幫我的。」（我們都沒說出口的是：我沒辦法這樣幫她，她從小就和我是不同層級的人，我一直都望塵莫及。）「我不知道還有沒有機會和你見面了。」卓伊說。

我們曾經互相擁抱過嗎？我不記得了。她緊緊抱住我片刻，後退一步，消失了。

我獨自躺在房間裡，但「獨自」還不足以描述此刻的孤獨。我不認識這個世紀的任何人，雖然以前也經歷過這種事情，我還是壓不下心裡的孤單。在那狂亂的一瞬間，我不禁好奇海茲頓的現狀，然後才想到那位獄友這時候應該早就老死了。

我渾渾噩噩地走到窗邊，凝望外頭的綠海。農場幾乎延伸到天際，一片又一片又一片田地，農用機器人緩緩在陽光下移動。在遙遠的天邊，我望見了奧克拉荷馬市的塔樓輪廓。天空是絢麗奪目的藍。

五

農場主人與經營者是一對年邁的伴侶，克拉拉與瑪麗安。她們都年近九十，已經在這裡生活一輩子了。第一晚，我們一面吃起司蛋捲和我數十年來吃過最新鮮的沙拉，她們一面告訴我，能有出手這麼闊綽的人來寄宿她們非常高興，而且我的事情她們都不會過問。她們最重視隱私了。

「謝謝。」我說。

「你妹妹把你的身分文件留給了我們。」克拉拉說。「一些出生證明之類的東西。我們該用文件上的名字稱呼你嗎？」

「叫我嘉柏瑞吧。」我說。「麻煩妳們了。」

「那麼，嘉柏瑞，」克拉拉說，「你要是需要你那些文件，東西我們都放在走廊門邊那個藍色櫃子裡了。」

最初那幾年，我一步也沒踏出農場，但我擔心自己總有一天得去到外頭的世界。瑪麗安生病時，克拉拉開車帶她去醫院，但若是輪到克拉拉生病，又會有誰帶她就醫？她們可是快九十歲了。「我剛來時空研究院調查的第一個案子，就和長相酷似的兩個人有關。」在另一段難以理解的人生中，我曾聽伊樊說過。「我們最尖端的臉部辨識軟體判定同一個女人出現在了一九二五年與二〇九三年的照片與影片中。」每當我想像自己走出農場，就生怕我的臉被監視器拍下，遙遙觸發數百年後的警鈴，到時會有時空研究院的探員來調查我，以及接二連三的恐怖事件。我對克拉拉說起自己的煩惱，她暗中向鄰居打聽，那位鄰居的朋友認識幾個人——不久過後，我躺到了農屋的廚房餐桌上，接受臉部雷射重塑與虹膜染色手術。

麻醉藥效消退後，我坐起身來，外科醫師已經走了。

「來一杯威士忌嗎？」瑪麗安問。

「麻煩妳了。」我說。

「你長得完全不一樣了。」克拉拉說。她遞了面鏡子過來，我猛然倒抽一口氣。

我的確長得完全不一樣了，但我認得這張臉。

六

那個月，我找到了小提琴。它非常古老，放在走廊櫥櫃最裡頭的盒子裡，瑪麗安已經好幾年沒拉琴了。克拉拉幫我安排去向鄰居學琴。

「她叫莉娜。」在開車去鄰居家路上，克拉拉告訴我。「好像從小就在拉小提琴了。她來我們這裡住的時候，好像也是和你類似的狀況，我這樣說你應該懂吧。」

我瞟了她一眼。她那年九十二歲，側臉輪廓卻依然堅毅，眼神高深莫測。

「我都沒聽說。」我說。克拉拉大概是從我這句話聽出了一絲埋怨，她目光平穩地盯著我一兩秒。

「你也知道，我這個人很注重隱私。」她說。「我看她也一樣，這三十年來幾乎一次也沒離開農場。」

我們的車子開到了隔壁農屋——這棟是長得頗噁心的灰色方塊，看樣子要當飯店用也沒問題——這時我想到了卓伊四年前把我帶來這裡時說的話：「你好好安頓下來，**和鄰居認識認識吧。**」我怎麼總是無法領會她對我說的話呢？我下了貨車，走到耀眼陽光下。

屋子的前門開了，出門迎來的女人和我年紀差不多，都是六十出頭。

「早安，嘉柏瑞。」泰莉雅說。

七

「我大概是在千鈞一髮之際被你姊姊救出來的。」泰莉雅告訴我。「有天晚上她來飯店找我，那應該是她剛出獄不久的時候。她說警方在調查我，說是我洩露了什麼機密。」

「這個嗎，妳還真的有洩露機密的壞習慣。」我們一起坐在她那間農屋的門廊，兩把小提琴擺在中間。

「我那時候太莽撞了，可能是想和命運賭一把吧。她說她準備搬到邊遠殖民地，強烈建議我和她一起去，問題是邊遠殖民地和月球簽過引渡條約，所以我們到那邊時，她說我可能沒法在那邊久留。」

「妳說這是三十年前的事了？」

「二十六年。」

我看著她，看得出她在這座農場上生活了四分之一世紀。她的皮膚晒得黝黑，周身瀰漫著一種祥寧氛圍。

「那裡是什麼樣啊？」我問。「邊遠殖民地。」

「很美，」她說，「但我不喜歡在地底下生活。」

們。

八

我和泰莉雅在一年內結了婚，後來克拉拉和瑪麗安去世時，她們把農場留給了我們。

在那之後多年，我發現自己經常想到一件事。在我和太太拉著小提琴二重奏的夜裡，在我們一起做菜、一起走在我們的田間、一起看著農用機器人在田裡移動、一起坐在門廊遙望螢火蟲般的空船從奧克拉荷馬市天際升空時，我想到：時空研究院一直沒能理解的是，就算找到了我們生活在模擬實境的絕對證據，面對這項消息，我們正確的反應應該是「那又如何？」。在模擬世界裡的生活仍舊是生活啊。

九

倒數計時開始了，它成了我生活中日日夜夜的背景雜訊。我知道，不久後的某一天，我會搬去奧克拉荷馬市，預計二一九五年開始在空船航廈拉小提琴。我還記得當年那場訪談，所以也知道太太會先一步離世。

十

靜靜地
在夜裡
因動脈瘤破裂
在她七十五歲那年。

十一

泰莉雅走後，我每晚都會獨自在門廊上坐一會兒，看著遠方城市上空上升的空船光點。我的狗——歐蒂——總是趴在我身旁，頭枕在前腳爪上。起初我以為自己遲遲不搬到城裡是因為我愛這座農場，但有天晚上我終於恍然大悟：我渴望那些光點。過了這許多年，我又想回到人群中了。

「我帶你一塊去吧。」我對歐蒂說。他搖了搖尾巴。

十二

在時空研究院工作的所有人不都是聰明人嗎？他們——他們當中任何一個人！——早該發現的是，我就是那個異常。不對，這麼說也不完全正確。是我引發了異常。怎麼都沒有人發現我採訪了我自己呢？因為多虧了卓伊幫我偽造的假身分文件，我證件上的姓名是亞倫·薩尼，是個在奧克拉荷馬市郊一座農場上出生、在農場上生活了一輩子的男人。

我在空船航廈裡目睹了異常。在二一九五年一個十月天，我在狗的陪伴下拉琴，幾乎同時注意到了兩個人。

奧莉芙·李韋林拖著銀色行李箱走在廊上，她沒注意到前方幾公尺處一個朝我走來的男人，但我注意到了。那個人剛從走廊邊的工具間走了出來。

男人朝我走近的同時和奧莉芙．李韋林擦身而過，他身後的空氣似乎出現了漣漪。他並沒有注意到這個怪現象，因為他所有注意力都放在我身上了，也因為他有點焦慮——這畢竟是他第一次為時空研究院採訪古人。

我繼續拉琴，但感覺自己汗流浹背，只能拚命拉奏我為泰莉雅編的這首搖籃曲。漣漪越來越明顯了；模擬軟體——或者是讓我們這個世界維持運行的未知引擎——正在加速運轉，彌補我們兩人同時出現在一處的不可能。但不只是同一個人同時出現在同一個地點兩次的問題，這個引擎——這個智慧、這個軟體——還偵測到了時空之中第三個嘉柏瑞，那是在凱耶特森林裡的嘉柏瑞。這下一切真的都崩解了，這一瞬間檔案損毀，但**那個地點**也損毀了——一九一二年艾德溫．聖安德魯仰望枝葉的林中空地，一九九四年我躲在蕨叢中觀察玟森．史密斯的位置。朝我走來的男人身後有一波詭異的黑暗，光影激起了陣陣漣漪。奧莉芙．李韋林像被打了一拳似地猛然停下腳步，我看見自己跪在一九九四年，看見了站在相同位置的艾德溫．聖安德魯——我們相互交疊——也看到了不遠處手裡拿著攝影機、年僅十三歲的玟森．史密斯。

附近港埠有一架空船升空，那聲不可能聽錯的呼嘯傳來，然後眼前這些魅影都消失了。時間再次順順流動。損毀的檔案開始自我修復，模擬實境的織線再次編織成我們周遭的世界，而年輕的嘉柏瑞—賈各．勞勃茲——時空研究院這位調查能力低微到令人髮指的新人——什麼都沒注意到，一切都是在他身後發生的。他確實回頭看了一眼，但——我還記得那一瞬間的想法——只當那排山倒海的錯誤感來自自己緊張的心情。

我閉上眼睛。原來一直都是我。玟森和艾德溫之所以看見異常，是因為我當時和他們同樣在森林裡。一九一二年那一次，我大概是站得離艾德溫不夠近，所以沒有親眼目睹怪像。我拉完搖籃曲，聽見嘉柏瑞的掌聲。

他站在我面前，尷尬地拍手。我都為他——為我？為我們？——感到丟臉了，彆扭到了很難和他對上視線的地步，但我還是勉強抬眼。幸好我的狗還睡著，沒見證我年輕時的無能。

「你好。」他語調輕快地說，口音一聽就破綻百出，令人皺眉。「我是嘉柏瑞—賈各．勞勃茲，是一位音樂歷史學家的助理，最近在幫老闆做一點研究調查。我想請問，能不能請你吃個午餐，我們邊吃邊聊聊？」

十三

「你問我要怎麼形容自己的人生？」我重複他的問題，拖延時間。「這個啊，孩子，這可是個深奧的問題，我不曉得該怎麼回答。」

「還是能請你稍微描述你的日常生活？如果你不介意的話。對了，我還沒開始錄音，現在就只是聊聊而已。」

我點點頭。我會讓他站不穩腳，我會對他引用莎劇臺詞，因為我知道他還沒讀過莎士比亞。我會口口聲聲叫他「孩子」，因為他恨透了這個稱呼，所以會煩躁得難以專注。我會提起亡妻，因為他為自己失敗的婚姻感到羞愧。我會讓他為自己的口音侷促不安，因為他在受訓時最不拿手的科目就是口音與方言。但首先，我會用自己平靜的生活將他拉入圈套。

「這個啊。」我說。「我每天在這裡站幾個小時，在這邊拉琴，我的狗都會在腳邊打盹陪著我，匆匆路過的通勤族會朝我丟些零錢。他們這些通勤族啊，走路的速度還真不是普通的快，我花了好多時間才習慣呢。」

「你是當地人嗎？」調查員問。

「我從前住在城市外頭一座農場，在那兒住了大半輩子。可是孩子啊，等我接手經營農場時，小農場主人的工作主要都只剩旁觀了。你就看著機器人在田裡工作，有時候可以微調它們一些設定，不過它們都做得很好，平常也會自我調整，你實在不需要做什麼。你閒閒沒事幹可以在田裡拉琴。遠遠看過去，你會覺得天邊的空船像螢火蟲一樣快速飛上天，沒想到近看還更快呢。」

我在空船航廈拉琴這段時日，偶爾會覺得這彷彿重力倒轉的畫面，空船彷彿墜往上空。它們總是吞下滿船面色木然的通勤族旅客，然後墜往天空。旅客經過時偶爾會朝我瞟一眼，朝我的帽子丟幾枚零錢。我看著空船載他們航向清晨天空，去往遠在洛杉磯、奈羅比、愛丁堡、北京的工作地點。我幻想他們的靈魂飛速穿梭在晨空之中。

「我太太去世後，」我對調查員說，「我繼續經營農場一年，然後有天就想：算了，算了吧。」

他故作興致勃勃地點著頭，儘量壓抑緊張感，儘量告訴自己他做得很好。我沒告訴他的是：少了泰莉雅，我獨自住在那座農場上，感覺自己隨時都可能憑空消失。每天睜眼就只有我和狗和農用機器人，日復一日。這已經遠遠超出了「孤獨」的範疇。那麼多空空盪盪的空間。夜裡，我和狗一同坐在門廊上，就是不想回到寂靜無聲的屋子裡。玩著小孩子的遊戲，瞇眼盯著月亮，幻想自己看見了月球表面稍微明亮一些的殖民區。而在農田另一頭的遠方，城市燈光在夜裡閃爍著。

「我可以開始錄音嗎？」調查員問。

「請吧。」

「好，開始錄音了。謝謝你接受訪問。」

「不客氣。謝謝你請我吃午餐。」

「雖然我們前面已經聊過了，不過為了錄音紀錄我再問一次：你是小提琴家吧？」年輕的我問。

我照著劇本唸下去。「是的，」我說，「我都在空船航廈拉琴。」

沒在空船航廈拉琴時，我喜歡牽著狗在高樓大廈之間的街上散步。在那些街道上，每個人的動作都比我快得多，但他們不明白，我已經移動得太快、太遠，不願再繼續旅行了。我近來花了不少時間思索時間與動態，想著想著，我明白了：我已是無盡洪流之中靜止在原處的一個點。

作者的話與致謝

第三章引用的文句——「只要你不軟弱，人生將繁花似錦」——出自約翰·布肯（**John Buchan**）出版於一九一九年的小說《斯坦福先生》（*Mr. Standfast*）（暫譯）。《地球最後的巡迴簽書會》上半章關於壞雞回窩的段子——「必然是壞雞」，第四章——概述了我在二〇一五年參加文學節時，美國詩人凱·萊恩（**Kay Ryan**）說過的一段話。不過我當時在節目單上草草寫下的筆記是「沒有好雞」，所以若回憶與實情有任何出入，還請見諒。

同一章關於安東尼大瘟疫的引文，出自二世紀羅馬軍人與歷史學家阿米阿努斯·馬爾切利努斯作品第XXIII冊。他的著作都非常有趣，可在網路上免費閱讀。

我參考的書籍另外包括：《哥倫比亞號航行記》（*Voyages of the Columbia*）（暫

譯）（佛雷德利・W・豪威〔Frederic W. Howay〕編），以及馬克・佐赫克（Mark Zuehlke）的《浪子、夢想家與次子：加拿大西部的英國移民男性》（*Scoundrels, Dreamers and Second Sons: British Remittance Men in the Canadian West*）（暫譯）。

謝謝我的出版經紀人凱瑟琳・福塞特（Katherine Fausset）及她在柯蒂斯布朗（Curtis Brown）的同仁；感謝我的編輯——紐約市克諾夫出版社（Knopf）的珍妮芙・傑森（Jennifer Jackson）、倫敦皮卡多出版社（Picador）的蘇菲・強納森（Sophie Jonathan）、多倫多加拿大哈潑柯林斯出版社（HarperCollins Canada）的珍妮芙・蘭伯特（Jennifer Lambert）——及她們的同仁；感謝我的英國經紀人安娜・韋柏（Anna Webber）及她在經紀聯盟（United Agents）的同仁；感謝凱文・孟德爾（Kevin Mandel）、瑞秋・費許萊瑟（Rachel Fershleiser）與賽米・奇拉斯（Semi Chellas）試閱早期書稿並提供意見；感謝保母蜜雪兒・瓊斯（Michelle Jones）在我寫書時幫忙照顧女兒。

臉譜小說選 FR6597

寧靜海的旅人
Sea of Tranquility

原著作者	艾蜜莉・孟德爾（Emily St. John Mandel）
譯　　者	朱崇旻
書封設計	馮議徹
責任編輯	廖培穎
行銷企畫	陳彩玉、林詩玟
業　　務	李再星、林佩瑜、李振東
出　　版	臉譜出版
發 行 人	凃玉雲
總 經 理	陳逸瑛
編輯總監	劉麗真
	城邦文化事業股份有限公司
	台北市民生東路二段141號5樓
	電話：886-2-25007696　傳真：886-2-25001952
發　　行	英屬蓋曼群島商家庭傳媒股份有限公司城邦分公司
	台北市中山區民生東路141號11樓
	客服專線：02-25007718；25007719
	24小時傳真專線：02-25001990；25001991
	服務時間：週一至週五上午09:30-12:00；下午13:30-17:00
	劃撥帳號：19863813　戶名：書虫股份有限公司
	讀者服務信箱：service@readingclub.com.tw
	城邦網址：http://www.cite.com.tw
香港發行所	城邦（香港）出版集團有限公司
	香港灣仔駱克道193號東超商業中心1樓
	電話：852-25086231　傳真：852-25789337
馬新發行所	城邦（馬新）出版集團Cite（M）Sdn. Bhd.
	41, Jalan Radin Anum, Bandar Baru Sri Petaling,
	57000 Kuala Lumpur, Malaysia.
	電話：603-90563833　傳真：603-90576622
	電子信箱：services@cite.my
初版一刷	2023年6月
I S B N	978-626-315-299-1
	版權所有・翻印必究（Printed in Taiwan）
	售價：380元
	（本書如有缺頁、破損、倒裝，請寄回更換）

城邦讀書花園
www.cite.com.tw

國家圖書館出版品預行編目資料

寧靜海的旅人／艾蜜莉・孟德爾（Emily St. John Mandel）著；朱崇旻譯. -- 初版. -- 臺北市：臉譜出版：英屬蓋曼群島商家庭傳媒股份有限公司城邦分公司發行, 2023.06
面；　公分. --（臉譜小說選；FR6597）
譯自：Sea of tranquility.
ISBN 978-626-315-299-1（平裝）

885.357　　112005438